KB153614

킬리만자로에서, 안녕

# 킬리만자로에서, 안녕

이옥수 장편소설

비룡소

차
례

# 1
## 킬리만자로 어디쯤으로, 출발

이제 출발이다.

나는 어제까지만 해도 날밤을 까면서 공부하던 고등학교 2학년 학생이다. 그런데 지금 이렇게 가방 하나 달랑 둘러메고 킬리만자로 산 어디쯤을 향해서 가고 있다. 어디쯤이란 정확한 목적지가 없다는 말이다.

킬리만자로!

타오르는 태양 아래 만년설을 머리에 이고 하늘 높이 우뚝 솟아 있다는 그곳, 얼음 속에 갇힌 표범이 시퍼런 눈알을 굴리고 있을 그곳에 가면 수회가 그리던 곳을 찾을 수 있으리라는 막연한 기대를 안고.

"미쳤군. 어쨌든 잘 가라, 이 부르주아 녀석아!"

"그래, 짜식아. 잘 먹고 잘 살아라."

어제는 그렇게 헤어졌지만 벌써 재성이 녀석이 약간 그립다.

나는 오늘 새벽에 집을 나섰다. 엄마도 누나도 눈치채지 못했지만 며칠 전부터 떠날 준비를 했다. 먼저 인터넷에서 킬리만자로 산으로 가는 길을 검색했다. 동아프리카에 있는 케냐의 수도 나이로비까지 비행기로 날아가서 케냐와 탄자니아의 접경 지점에 있는 킬리만자로로 가면 된다는 정보를 얻었다. 역시 인터넷에서 찾아낸 항공사 직원에게 여권 번호와 영문 이름을 불러 주어 예약을 끝냈다.

　그다음에 한 일은 자금 마련이었다.

　"엄마, 돈 좀 주세요."

　엄마의 악어가죽 지갑에는 칸칸이 신용카드가 꽂혀 있지만 긋는 즉시 모바일로 사용 내역이 전송되는 카드보다는 현금이 좋을 것 같았다.

　"돈? 뭐 하게?"

　소파에 앉아서 여성 잡지를 뒤적이고 있던 엄마가 호의적으로 빙긋이 웃었다. 나는 수회가 떠난 뒤부터 엄마가 웃으면 속이 느물거렸다. 입안에 든 돼지비계를 섬뻑 씹는 것처럼.

　"그냥, 돈이 좀 필요해요. 이유는 묻지 말고요."

　"이유를 묻지 말라……. 신용카드를 쓰지. 아님, 현금카드를 줄까?"

　약지를 다 가릴 만큼 큰 블루 사파이어 반지를 반짝이 매니큐어 칠한 손으로 만지작거리며 대수롭지 않게 묻는 것을 보니 늘 그랬던 것처럼 내 부탁을 거절하지 않을 것이다.

"그럼 현금카드 주세요."

내가 잠시 서 있는 동안 엄마가 안방에서 지갑을 들고 나왔다.

"너, 요즘 컨디션 괜찮은 거지?"

나는 말없이 고개를 끄덕였다.

'엄마, 믿으셔야죠. 엄마가 이때껏 길들여 온 아들인데요. 그런데 그 아들이 잠시 엄마를 배신하기로 했습니다. 용서하세요.'

카드를 건네주는 엄마의 눈동자가 잠시 흔들렸다. 그 흔들림 속에 어떤 불안이 담겨 있는 듯했지만 겉으로 내색하지 않았다. 엄마는 언제나 아들에 대한 당신의 믿음을 보여 줄 기회를 놓치지 않으니까.


지난밤을 뜬눈으로 새웠다. 학교를 마친 후, 재성이랑 심도 있게 킬리만자로 이야길 하자고 마주 앉았지만 녀석은 내 말에 실실거리기만 했다. 녀석과 헤어져 하릴없이 피시방에 처박혀 있다가 집에 도착한 시간이 밤 10시 30분. 나는 곧바로 경건한 의식을 치르듯 책상 정리를 시작했다. 이상하게도 그동안 익숙했던 물건들이 오히려 나를 옮아매고 있던 결박같이 느껴져서 속이 아릿했다.

'학생은 공부만 하면 돼!'

그래, 공부! 공부만 한다는 게 어떤 의미인지나 알고 살아왔는지? 하루 열 몇 시간씩 열나게 외우고 또 외워야 했던 기계 같은 내 인생. 그러나 이제 팝콘처럼 튀어 나간다고 생각하니 솔직히 두렵다.

책상 위, 사진 속에서 아버지가 활짝 웃고 있다. 미국 샌디에이고 씨월드에서 돌고래를 배경으로 아버지와 함께 찍은 사진이다.

"아 버 지 도 죽 었 다.

진 수 회 도 죽 었 다."

나는 글을 읽듯이 천천히 소리를 냈다. 딱 7음절이다. 이 일곱 글자가 삶과 죽음의 경계처럼 차갑고 아득하게 가슴을 찔렀다.

대체 죽음이란 무엇일까?

이 사진을 찍고 일 년 후, 아버지가 죽었다. 건설업으로 한창 재미를 보던 아버지는 해외로도 손을 뻗쳐 인도네시아 관광지 몇 군데에 리조트를 건설하였고 괌에도 리조트를 건설할 계획이었다. 그래서 사업차 가는 길에 나를 데리고 가려 했다.

아버지가 나를 번쩍 들어 올리며 물었다.

"성민아, 아빠하고 같이 갈래?"

"안 돼, 그 뜨거운 데 애를 어떻게 데리고 가."

내 생각은 물어보지도 않고 엄마가 단번에 자르자 무안해진 아버지가 아이처럼 입을 비쭉 내밀며 말했다.

"호텔 안에서 놀면 되지. 어때, 아빠는 우리 아들하고 같이 가고 싶은데……."

"안 된다니까, 무슨 바캉스 가는 것도 아니고 사업 때문에 가는 사람이……."

엄마의 잇따른 면박으로 아들과 동행을 포기한 아버지는 그렇게 홀로 떠났다. 그리고 돌아오는 길에 비행기가 추락했고 사망자 228명의 명단에 아버지 이름이 있었다. 아버지는 비행기가 토막 나서 튕겨 나가는 바람에 온몸이 산산이 부서졌다. 수천 피트의 상공에서 날개도 없이 추락할 때 아버지는 무슨 생각을 했을까? 아버지가 마지막으로 하고 싶은 말은 무엇이었을까? 나는 가끔 아버지가 했을 아니, 하고 싶었을 말들을 생각해 보지만 영화에서 보았던 비슷한 장면의 절박한 몇 마디 낱말들이 머리통 속에서 허덕일 뿐이었다.

초등학교 3학년이었던 나는, 장례식장의 낯선 풍경에 겁을 먹고 울먹이며 엄마 품으로 파고들었을 뿐, 아버지의 영원할 부재에 슬픔을 느끼진 못했다. 그런데 내가 좋아하던 과외 선생님이 글썽이는 눈으로 나를 가슴에 꼭 안으며 "우리 성민이는 씩씩한 어린이지? 힘들어도 잘 참아야 해." 하고 귓가에 속삭일 때 왠지 모르게 눈물이 왈칵 올라오며 가슴 아릿한 어떤 것을 느낄 수 있었다.

아버지가 죽고 얼마 지나지 않아 엄마는 아버지가 하던 사업을 이어 가겠다고 용감하게 뛰어들었다. 그러나 몇 달을 버티지 못하고 실패했다.

"난 다시 일어설 거야. 너희 아빠 회사를 되찾고 말 거야!"

엄마는 가슴을 쥐어뜯으며 울부짖다가 누나와 나를 숨 막히도록 끌어안기도 하고 낮에 나온 달처럼 희미하게 웃다가 벌떡 일어나서 입술을 옹다물기도 했다. 나는 그때 엄마의 두 눈에 햇발보다 더 붉게 뻗어 있는 나뭇가지를 보았다. 그 뒤로, 끊임없는 두통에 시달리던 엄마는 정신과 치료를 꽤 오랫동안 받았고 약 기운에 빠져서 게슴츠레한 눈으로 늘어져 지냈다. 그리고 얼마간 시간이 흐른 후, 엄마는 털고 일어나 강남의 한 빌딩에 명품 숍을 차려 사업을 시작했다. 그동안 닦아 놓은 인맥으로 사업은 날로 번창했다. 엄마는 다시 바빠졌고 누나와 나는 늘 엄마가 없는 빈 집을 지켰다. 때때로 투정을 부리는 우리에게 돌아오는 대답은 언제나 간단했다.

"뭐가 불만이니? 해 달라는 건 다 해 줬잖아."

엄마는 철저하게 자본의 논리로 우리를 몰아갔다. 돈, 돈이면 무슨 일이든 다 할 수 있다는 생각은 엄마의 신념과도 같았고, 누나와 나는 그런 엄마가 원망스러웠다.


"너, 지금이 도대체 몇 시인 줄이나 알아!"

아래층에서 들리는 잔뜩 화난 엄마의 목소리로 보아, 성연 누나가 돌아온 모양이었다. 나는 문득 누나 얼굴이 보고 싶어서 내

방 문을 열고 나갔다. 계단을 올라오던 누나가 나를 보고 멈춰
섰다.

"윤성민, 오랜만이다."

누나의 입에서 차가운 소리와 함께 술 냄새가 풍겼다.

"누나!"

"왜, 할 말 있니…… 없어? 그럼, 굿나잇!"

누나가 들고 있던 가방을 앞뒤로 흔들었다.

"누나!"

"왜?"

"아프지 마!"

"자식, 싱겁긴……."

"……."

누나가 방문을 열고 들어가다가 다시 고개를 내밀고는 눈을
찡긋했다.

"유 투!"

누나는 그동안 많이 아팠다. 재수 삼수를 하면서 꼭 대학 시험
을 볼 때면 더 아팠다. 재수할 때는 시험을 보다가 구급차에 실려
갔고 삼수할 때는 시험을 마치고 나오자마자 쓰러졌다.

"아이, 우리 성연이가 몸이 약해서……."

엄마는 사람들에게 누나의 대학 실패가 허약한 몸 때문이라
고 했다. 그러나 그건 아니다. 누나가 쓰러지는 건 순전히 스트

레스 때문이다. 엄마는 서울에 있는 괜찮은 대학에 누나를 입학시키려고 애썼다. 그러나 누나는 도무지 공부에 관심이 없었다. 미술 대학을 목표로 꽤 이름 있는 입시학원 강사를 모셔 와서 숫제 집 안을 화실로 꾸미기도 했지만, 번번이 실패했다. 결국 누나는 서울에 본교가 있는 지방 대학에 들어갔다. 그때부터 엄마와 누나 사이에는 북극의 크레바스 같은 간극이 생겨났다.

"이 강경자 인생에서 최대의 실패작이 너 윤성연이야."

"그래, 난 잘난 엄마의 재수 없는 실패작이야! 그런데 어쩌지? 난 이런 내 모습이 아주 만족스러운데……."

"그래, 잘났다. 이년아, 네년 때문에 내 속이 썩어 빠지는 줄도 모르고……."

엄마는 술이 한잔 들어가면 애들처럼 누나와 싸웠다.

"정말이지 이 강경자 인생에서 너희 아빠 사고와 너 윤성연의 인 서울 실패, 이 두 가지는 내 힘으로 어쩔 수 없는 불가능의 한계점이야."

"알았어. 그만해. 이제 그만하라고……."

나도 한동안은 치고받는 그 지겨운 싸움판에 끼어들어 같이 소리를 빽빽 질러 대기도 했지만 이제는 지쳐서 관심을 접었다. 언제부터인가 우리 세 식구는 서로 물고 뜯고 상처를 주기 위해 살아가는 사람들 같았다.

'누나, 잘 있어!'

갑자기 속이 울컥 치밀었다.

"훨훨~ 훨훨~ 날아가자~ 이 밤을 날아서~ 그댈 품에 안고……."

누나의 노랫소리가 끊어질 듯 이어지며 허공에 매달렸다.


새벽에 집을 나섰다. 택시를 타고 곧장 터미널에 갔다. 고속버스 터미널은 한산했다. 천안행 고속버스에는 열 명도 채 되지 않는 사람들이 고독한 수도승처럼 멀찍이 떨어져 앉았다. 나는 중간쯤에 앉아서 눈을 감았다. 수회의 얼굴이 눈앞에 떠올랐다.

나는 주머니에서 핸드폰을 꺼냈다. 단축키 2번.

"야아. 왜 내가 2번이야?"

"그럼 3번으로 해 줄까?"

"피이……."

뽀로통하게 삐친 수회의 얼굴이 눈앞에 보인다.

"지금 거신 번호는 없는 번호이오니 다시 한번 확인해 주시기 바랍니다."

수회가 죽은 지 벌써 삼 주가 지났다. 그러나 아직 수회가 왜 그렇게 가야 했는지를 찬찬히 생각해 본 적이 없다. 그동안 수회가 죽었다는 생각만 해도 내 머리통에 있는 것들이 터져서 쏟아져 내릴 것 같아, 도저히 수회가 죽었다는 사실을 인정할 수 없었기 때문이다.

나는 천안 버스 터미널에서 내려서 곧바로 택시를 탔다.

택시 기사가 중얼거리듯 말했다.

"아침부터 절에 가는 걸 보니, 고시공부 하는 학생인가? 로스쿨 생기면서 사법시험이 없어졌다고 하던데."

나는 못 들은 척 눈을 감았다. 택시 기사가 백미러를 힐끗거렸다. 택시는 도심을 빠져나와 한적한 시골길을 한참이나 달렸다. 수회 아빠의 뜻에 따라 수회의 유해는 얼마 동안 절에 있는 납골당에 안치되었다가 바다에 뿌려질 것이라고 했다. 나는 납골당에서 해야 할 일을 머릿속에 순서대로 그려 보았다.

"자, 다 왔습니다."

"아저씨, 잠깐만 여기서 기다려 주세요. 금방 나올게요."

"어, 그러지 뭐."

택시 기사가 차에서 내려 옆에 있는 나무 둥치에 가래침을 퉤 뱉으며 고개를 끄덕였다. 작고 아담한 절 마당에 들어섰지만 아침 공양 시간인지 인적이 느껴지지 않았다. 이미 주말마다 이 시간에 수회를 찾아서 두 번이나 왔던 곳이고 스님과도 안면을 튼 사이였다.

수회의 안치소 앞에 이르자 수회는 내가 올 것을 알고 있었다는 듯 사진 속에서 활짝 웃고 있었다. 나는 수회의 얼굴을 손바닥으로 가만히 쓰다듬어 주고는 작은 유리를 밀고 수회의 유골함을 꺼냈다. 유골함은 하얀 한지로 봉인되어 있었다. 나는 한지를 조심스레 벗긴 후, 미리 준비해 간 봉투에 수회의 유골을 조금 쏟았다. 한꺼번에 다 쏟아붓지 못한 것은 딸을 보러 올 수회의 아빠를 위해서였다. 반은 아빠 곁에, 반은 나와 함께 킬리만자로로. 잿빛 가루가 날아올라 연기처럼 콧속으로 빨려 들어왔다. 유골함 뚜껑을 닫아 다시 제자리에 놓고 봉투를 가방에 넣었다. 이 과정을 수십 번도 넘게 머릿속으로 시뮬레이션 했지만 온몸이 떨리는 것은 어쩔 수 없었다.

'수회야, 가자!'

성공이다! 얼마나 초긴장 상태에서 몰두했던지, 허겁지겁 뛰어나와 택시에 오르니 온몸에 식은땀이 주르륵 흘렀다. 뒷자리에 연체동물처럼 길게 누워 버렸다. 머리 위로 가로수들이 환영처럼 휙휙 달아났다.

## 2
### 옆자리 여자

천안 터미널에서 인천 공항으로 가는 버스를 탔다. 수회의 유골이 든 가방을 빈 옆자리에 놓았다. 마치 감기 몸살이 걸린 것처럼 온몸에서 열이 나고 자꾸만 떨렸다.

**성민아, 나 킬리만자로에 꼭 데려다줘.**

수회가 떠나면서 내 핸드폰에 남긴 미션이다. 이제 됐다, 수회야. 우리, 함께 가는 거야! 가슴을 쭉 펴고 심호흡을 했지만 떨리기는 마찬가지다. 후회하지 말자. 내가 이 세상에서 마지막으로 들어주는 수회의 부탁이다. 이 일을 수능을 본 후나, 대학에 간후로 미루면 좋겠지만 어느 날, 수회 아빠가 유골을 뿌려 버리면 방법이 없을 것 같아서 서둘렀다. 아니, 수회를 생각할 때마다 울컥울컥 치밀어 오르는 불덩이가 온몸을 그대로 날려 버릴 것만 같아 참을 수가 없었다. 아무튼 절박하게 내 마음을 붙잡고 있는 이 고통을 끝내 버려야 숨을 쉴 것 같았다. 물론, 수회 부모님의 허락을 받지 않고 수회의 유골을 가져간다는 것은 옳지 않는 일이다. 하지만 말씀을 드린다고 해도 허락하지 않을 것이니 용서는 나중에 빌자.

공항에 도착하자마자 여행용 가방을 사고 이곳저곳을 기웃거리며 가방에 넣을 만한 옷가지와 먹을거리를 샀다. 먼저 수회의 유골을 가방에 넣어 부쳐야 한다. 며칠 전에 알아보니 유골은 반드시 신고해야 하고 기내에 가지고 들어갈 수도 없으며 따로 유골 보관실에 맡겨야 한다고 했다. 그 골치 아픈 절차를 다 거치자면 꽤 신경이 쓰일 것 같아서 그냥 부치는 짐 가방에 넣기로 했다. 여러 가지 물건들을 가방에 꾹꾹 눌러 채우고는 중간에 수회의 유골이 든 봉투를 넣었다.

"야, 조심해라. 그러다가 마약인 줄 알고 체포될 수도 있다."

재성이 녀석이 하던 말이 생각나서 몸이 으스스했다. 힘내, 윤성민! 괜찮을 거야. 나는 짐을 부치고 보딩 패스를 받으며 속으로 간절히 빌었다. 부디 보안 검색대와 마약견의 콧구멍이 이상한 낌새를 채지 못하고 무사통과하기를.

오후 1시 55분. 비행기가 활주로를 천천히 돌기 시작했다. 이 비행기로 방콕까지 가야 한다. 그곳에서 케냐 항공으로 갈아타고 나이로비까지 가면 된다.

비행기가 속력을 내자 나도 모르게 이마의 신경 줄이 팽팽하게 당겼다. 드디어 비행기가 창공을 향해 날아올랐다.

"어디까지 가요?"

오른쪽 옆자리에서 여행 정보 책을 보던 여자가 물었다.

"네? 케냐요."

"어머, 잘됐네. 나도 케냐 가는데."

청바지에 분홍 셔츠를 입은 젊은 여자는 손뼉이라도 칠 듯이 손바닥을 마주 대고 웃었다. 처음 만난 사람한테 괜히 친한 척하는 여자는 딱 질색이다.

"어느 학교 다녀요?"

여자가 짧은 내 머리를 힐끗거렸다.

"저, 고딩이에요. 2학년."

"고2?"

"네."

"어머! 고등학생이 웬일로 케냐에 가?"

여자가 단박에 말을 낮추었다.

"뭐 그냥……."

"그냥? 난 발런티어로 가는 거야. 내 친구가 케냐에서 자원 봉사 중이거든."

"아, 네……."

"반갑다. 내 이름은 영아야. 박영아. 대학교 2학년이고…….

넌?"

"윤성민이오."

"윤성민, 잘됐다. 우리 같이 가자."

여자가 하얀 이를 가지런히 드러내고 웃었다. 그러나 나는 웃을 수가 없었다. 목적지에 이를 때까지 이런 불청객이 끼어들면 마음이 흩어질 수 있기에. 솔직히 나는 지금 몹시 떨고 있다. 킬리만자로에 간다는 계획을 세울 때 그저 수회의 소원대로 수회를 킬리만자로에 데리고 가면 될 줄 알았다. 그래서 떠난다는 생각만 했지 그 뒤의 일은 깊이 생각해 보지 않았다. 아무리 수회라고 해도 죽은 사람의 뼛가루를 가져간다는 것은 두려운 일이었다. 나는 과연 목적지까지 유골을 잘 가져갈 수 있을까? 아니다. 이젠 돌이킬 수 없는 일이다. 마음을 굳게 먹자. 내가 사랑하던 수회다. 무슨 일이 있어도 킬리만자로까지 수회를 데리고 가야 한다. 이 미션이 없었다면 수회가 생각나서 옥상에서 뛰어내렸거나 미쳐 버렸을지도 모른다. 그러니까 나는 내가 선택한 이 길을 가야만 한다. 떨리는 몸을 진정시키기 위해 두 눈을 꼭 감았다. 지금부터는 수회와 함께했던 기분 좋은 일들만 생각하자.

수회를 처음 만난 날은 아직 겨울의 찬바람이 남아 있던 작년 이른 봄이었다. 수회는 짙은 청바지에 하얀 점퍼를 입고 수줍게 웃으며 우리 집 현관에 들어섰다.

"안녕하세요?"

방긋 웃는 그녀의 양 볼에 곱게 볼우물이 생겼다.

"성민아, 인사해. 엄마 친구인 숙희 아줌마하고 딸. 예쁘지? 얘들 지금 집수리가 끝나지 않아서 우리 집에서 당분간 같이 살 거야. 마침 수희가 너하고 같은 학교라 잘됐지 뭐야."

그동안 외국에서 살다가 새 학기에 맞춰서 부랴부랴 귀국한 수희와 수희의 엄마가 우리 집에 온 것이다. 나는 수희를 처음 본 순간 참 맑고 예쁜 여자애라는 생각이 들었다.

"성민아, 미안해. 수희가 모르는 게 있대. 네가 좀 가르쳐 줘. 응?"

수희가 우리 집에 온 며칠 동안 수희 엄마는 수희의 손목을 이끌고 부지런히 내 방에 들락거렸고 수희는 발그레한 얼굴로 계면쩍어했다. 수희와 함께 학교에 가는 첫날, 나는 새벽부터 일어나 샤워를 하고 머리에 무스와 왁스를 번갈아 바르며 멋을 냈다. 그러나 수희는 별 반응 없이 내 옆에서 묵묵히 걸었고 나도 멋쩍어서 입을 다물었다. 그 후 수희와 함께 학교를 오가자, 아이들의 추측이 난무했다.

"얘, 너희들 이란성 쌍둥이니?"

"아니."

"같은 집에 산다며?"

"응. 당분간만."

"그럼 뭐야? 이거 혹시 영화의 한 장면 아니야. 정략결혼, 뭐 그딴 거."

아예 소설을 써라 소설을. 그래도 이렇게 묻는 녀석들은 양호했다. 어떤 녀석들은 드러내 놓고 아우성이었다.

"여친? 뭐야, 입학 초부터 열라 부럽게."

"아, 내 희망 사항인데, 나도 여자사람친구가 있었으면 좋겠다."

그래, 많이들 부러워해라. 나는 녀석들의 환상에 부정도 긍정도 아닌, 애매한 웃음으로 맞섰다. 문제는 수회가 아이들의 눈치와 쑥덕거림에 부담을 느끼기 시작한 것이다. 집에 오면 은근히 내 방을 찾아 주길 바랐던 기대와는 달리 어느 날부터 그녀의 어머니도 그녀도 더 이상 내 방문을 두드리지 않았다. 아침에 학교 갈 때도 혼자서 살짝 빠져나가거나 꾸물거리며 늑장을 부렸다.

"윤성민, 엄마가 노파심에서 미리 말하는데 수회와 가까이 지내지 마. 걔는 문제가 있는 애야. 특히, 정신적으로. 걔, 친엄마 죽고 나서 한동안 실어증 걸려서 말도 못하던 애고……. 참, 너 걔 방에 못 가 봤지? 세상에 난 그런 애 처음 봤다. 너, 그 애가 들고 온 트렁크에 뭐가 들어 있는 줄 아니? 글쎄, 숙희가 어제 보여 주는데 징그러운 벌레들, 아니, 그 뭐냐, 뱀, 악어 같은 거 있잖아. 아유, 생각만 해도 소름끼친다. 야. 참, 너도 봤지? 걔 이상한 주머니 하나 꼭 들고 다니는 거. 그 속에도 무슨 벌레가 들어 있

23

대. 정말 정신적으로 문제가 많은 애야."

엄마는 외계인의 출현을 목격한 듯 가슴을 쓸어내리며 고개를 절레절레 흔들었다.

"하긴, 왜 안 그러겠니? 그 어린 것이 갑자기 엄마 잃고 새엄마랑 낯선 나라에서 살아가려니 충격이 컸겠지. 암튼, 너 그 애랑 가까이 하지 마."

그러나 이미 수회를 마음에 저장한 나는 엄마의 경고가 귀에 들어오지 않았다. 오히려 엄마가 던져 주는 정보가 수회에 대한 신비감을 더할 뿐이었다.

나는 수회의 엉뚱한 취미에 대해 곧바로 탐색에 들어갔다. 우선 배경 지식을 얻기 위해 인터넷을 뒤져서 애완동물들의 종류와 특징, 식성을 조사했다. 종로까지 나가서 이구아나 한 마리를 사 왔다. 엄마가 수회 방에서 보았다던 뱀, 한 마리를 살 생각으로 갔지만 실낱같은 혀를 날름거리는 섬뜩한 모습에 정말이지 이건 아니다 싶었다. 그래서 엄마가 악어라고 말한 것이 이구아나 같아서 손바닥만 한 이구아나 한 마리를 사 왔다. 이것이 수회와의 귀중한 접촉점이 될 것이라고 생각하니 눈알이 툭 불거져 나온 징그러운 놈도 그냥 봐 줄만 했다. 그러나 수회의 방어벽이 워낙 강해서 접근이 그리 쉽지 않았다. 어째서 모국 생활의 시작점에 있는 아이가 이 토종 모국인에게 지속적으로 조언을 구할 생각을 못하는지 야속했다.

수회가 우리 집을 떠날 날이 가까워 오자 마음이 조급해졌다. 그래서 작정을 하고 쳐들어가기로 했다.

"저, 수회야, 과학 책 있니? 학교에 책을 두고 와서……."

나는 야심한 시각에 두근거리는 가슴을 억누르며 수회의 방 문을 조용히 두드렸다. 문을 열고 빠끔히 내다보던 수회가 다시 문을 콕 닫으며 말했다.

"잠깐 기다려."

잠시 뒤, 한 뼘 정도 문을 열고 과학 책을 건네주더니 또 문을 콕 닫았다. 실패. 나는 과학 책을 들고 내 방으로 돌아와 책상 에 머리를 찧었다. 궁리를 거듭했지만 별 뾰족한 수가 없었다. 에라, 모르겠다. 그냥 정면 도전이다. 다시 벌떡 일어섰다.

"책 잘 봤어. 고마워."

"……."

수회가 또 한 뼘 정도 문을 열고 책을 받더니 표정 없는 얼굴 로 냉큼 문을 닫았다. 어, 이게 아닌데. 다시 노크를 했다.

"저, 너 애완동물 키우니?"

"응."

"나도."

"뭔데?"

순간 수회의 눈동자가 반짝 빛났다.

"넌, 뭐 키우는데?"

"나? 난 여러 종류야."

"좀 볼 수 있어?"

"응, 들어와."

성공이었다. 마침내 나는 수회의 방에 들어갔다. 수회의 방은 정말 요란했다. 침대 위에는 노란 방울뱀이 도발적인 자세로 똬리를 틀고 있고, 의자 위 유리 상자 안에는 검회색 이구아나 한 마리가 찢어진 눈꺼풀로 경계 태세를 갖추고 있었다. 문 뒤에서 불청객을 노려보는 검은색 고양이의 눈동자는 푸른 구슬 같았다. 수회가 바닥에 있던 트렁크를 슬쩍 내 앞으로 돌려놓자 그 속에서 타란툴라 거미 두 마리가 다리를 옴지락옴지락, 노리끼리한 뱀 한 마리가 꿈틀꿈틀, 장수하늘소가 나무 상자 모서리에 죽은 듯이 넙죽 엎드려 있었다. 이건 완전 희귀 동물 집합소였다.

"와, 너 이거 어디서 다 구했어?"

"그냥. 난 이다음에 동물 보호가가 될 거야. 제인 구달과 다이엔 포시처럼……."

스스럼없이 방울뱀을 어깨에 올려놓는 수회의 모습은 완전히 엽기 전사 같았다.

"넌 뭐 있어?"

"이구아나 한 마리, 더 많이 키우고 싶지만……."

"한 마리면 어때. 얘들을 얼마나 좋아하는지가 문제지."

"으응, 물론 좋아하지. 얘들 보고 싶을 때 또 와도 돼?"

"응."

야, 드디어 수희와 가까워질 기회를 잡았다. 하늘을 날아오를 것만 같았다. 이런 내 꼼수가 유치할 수도 있지만 수희에게 가까이 가고 싶은 내 마음을 나도 어쩔 수 없었다.

"야, 너 무슨 생각을 그렇게 하니? 자, 마셔."

옆자리에 앉은 여자가 캔 맥주를 건네주며 나를 빤히 바라보았다.

"넌 무슨 일로 가니?"

"그냥……."

"알았어. 그래, 너는 너대로 또 사연이 있겠지. 사연 없는 인생이 어디 있겠냐."

"……."

내가 고개를 저으며 여자가 내민 캔을 거절하자 그녀가 머쓱해하며 실실거렸다.

"초면에 이런 얘기하면 푼수라고 하겠지만 말이야, 나 남자 친구한테 차이고 홧김에 아프리카 간다. 우습지? 호호호. 그런데 말이야, 삼류 러브 드라마는 왜 각본이 똑같은지 몰라."

생전 초면인 사람한테 자기를 이렇게 까발리려도 되나?

"각본에 있는 대로, 내 남자 친구를 뺏어 간 게 바로 내 여자 친구였거든. 그래서 난 씩씩하게 말했지. 너희 둘이 끝까지 가,

잘 먹고 잘 살아라. 그리고 난 아프리카로, 고!"

여자가 입을 손으로 가리고 킥킥 웃었다. 붉어진 눈자위에 물방울이 핑그르르 돌았다. 제법 귀여운 여자다.

"이렇게 가면서도 걱정이야. 집에서 오매불망 나를 기다리고 있을 우리 감자 때문에……. 그 녀석 참 귀엽게 생겼다. 아직 석 달밖에 안 된 아가지만 내가 신문지만 말아 쥐면 쪼르르 화장실로 달려간다. 호호호."

여자가 새끼손가락으로 눈가를 찍어 내며 자신을 기다리고 있을 애완견 이야기를 하자 엄마 얼굴이 잠깐 눈앞을 스쳤다. 그러나 이내 수회를 싸늘하게 비난하던 엄마의 냉정한 눈빛이 떠오르자 거부감이 들어서 고개를 저었다. 여자가 레퍼토리를 바꾸었다.

"애, 너 봤지? 요즘 신문에 오르내리는 그 성추행 선생 있잖아. 글쎄 그 인간이 우리 학교 시간 강사로 나오는 작자다. 뻔뻔한 그 인간이 꼭 외국에서 온 여학생만 골라서 전화를 했대. 참 골 때리지. 자기를 따로 만나면 학점을 잘 주겠다고 꼬셨다나 어쨌다나……."

이 여자의 수다는 언제쯤 끝날까? 슬슬 짜증이 났지만 엄마하고 누나한테 하듯이 대놓고 시끄럽다고 소리칠 수도 없는 일이다. 나는 어깨를 의자에 붙이며 눈을 꾹 감았다. 여자가 내 어깨를 툭 쳤다.

"야, 너도 얘기 좀 해 봐."

"무슨 얘기를……."

"너 정말 재미없는 애다. 이때껏 나 혼자 떠들었잖아. 그래, 알았어. 나, 잔다."

여자가 기분이 상했는지 돌아앉았다. 솔직히 나는 이 여자가 처음 보는 사람한테 수다를 떠는 것도 못마땅했지만 여자가 지껄이는 말투에 영 기분이 꿀꿀했다. 까놓고 말해서 요즘 두서너 살 연상의 여친과 사귀는 친구들도 있다. 그런데 이 개념 없는 여자는 처음부터 나를 완전 자기 동생 취급이다. 내가 그렇게 순진하게 보였나?

나도 눈을 감았지만 이 비행기 화물칸 어딘가에 있을 수회의 유골에 신경이 쓰였다. 정말이지 내가 지금 무슨 일을 하고 있는 것일까? 이러다가 수회의 유골이 스릴러 영화에서처럼 머리라도 풀어헤치고 화물칸에서 튀어나오는 것은 아닌지……. 어딘가에서 귀신의 웃음소리가 환청처럼 들리는 것도 같고. 이건 아니다. 착한 수회가 귀신이 될 리 없다. 내 마음이 약해서다.

억지로 잠을 자려고 해도 눈꺼풀에 딱풀이 말라붙은 듯 뻑뻑하다. 콜 버튼을 눌러 승무원에게 오렌지 주스 한 잔을 부탁했다. 생각 같아서는 독한 술이라도 마시고 모든 걸 다 잊고 싶었지만 그럴 수는 없는 일이다. 눈을 감았다. 옆에 앉은 여자의 고개가 점점 내 어깨로 기울었다.

문득 안도현의 시가 생각났다.

연탄재 함부로 발로 차지 마라
너는
누구에게 한 번이라도 뜨거운 사람이었느냐

그래, 기꺼이 연탄재가 되어 이 지친 여자의 어깨 받침이나 돼
주자. 점점 어깨에 무게감이 더해졌다. 엄마와 누나가 아닌, 이렇
게 연상의 여자와 가까이 있어 보긴 처음이라 기분이 묘했다.

# 3

## 무수한 별들이 꽃잎처럼, 너처럼

방콕 공항에 어둠이 짙게 깔려 있었다.

"야, 같이 가자."

여자가 내 뒤를 따라 바삐 걸으며 말했다. 터미널 통로를 걸어 나와 케냐 항공 부스 앞으로 갔다. 시간이 일러서 그런지 부스에는 아직 직원이 보이지 않았다. 나는 부스 앞에 있는 의자에 앉았다.

"우리 면세점 구경할래?"

"아니요."

"그럼, 이 가방 좀……."

여자는 내게 가방을 맡기고 면세점 쪽으로 갔다. 내가 앉은 의자 줄에 터번을 쓴 아랍인들이 몰려와 앉더니 왁자지껄 떠들어 댔다. 그들을 보니 나도 모르게 중동 어딘가에서 벌어지고 있는 전쟁과 반군 테러 집단이 생각나면서 두려움이 일었다. 슬그머니 일어나서 건너편으로 자리를 옮기다가 생각해 보니 픽, 웃음이 났다. 내가 저들에 대해서 뭘 안다고? 미디어를 통해 덧씌워진 정보들이 어느새 편견으로 자리 잡은 것 같아 씁쓸했다.

"면세점도 정말 후졌어. 야, 우리 발 마사지 받을래?"

여자가 구시렁거리며 다가오더니 부스 옆에 있는 발 마사지 가게를 손가락으로 가리켰다.

"아니요."

내가 시큰둥하게 고개를 흔들자 여자는 의자에 앉아서 아프리카 여행 책을 꺼내 읽기 시작했다.

"이런, 동물 애호가인 루스벨트 대통령도 케냐의 사파리 사냥을 한 적이 있다니……. 그래, 이건 너무 잔인해. 세렝게티나 암보셀리 공원에서 사파리를 한다고."

나도 총이나 한 자루 있었으면 좋겠다. 사자, 표범, 치타를 만나면 바람같이 달려가 빵빵 한 방씩 쏘아 주고 그놈들의 검붉은 피를 푸른 벌판에 흩뿌리며 미친 것처럼 한바탕 뛰고 나면 속이 펑 뚫릴 것 같았다.

"야, 케냐 항공 직원이 나왔어. 우리 이번에도 같이 앉자."

케냐 항공 부스에 태국인으로 보이는 남자 직원이 나와서 앉자 여자가 내 손에서 여권을 냉큼 낚아챘다. 보딩 패스를 받아 들고 게이트를 찾아가면서도 여자는 면세점에 들러서 맛보기로 내놓은 말린 과일이나 초콜릿, 사탕을 쩝쩝거렸다. 여자의 뒤를 어정쩡하게 따라다니려니 민망해서 손짓으로 먼저 간다는 표를 하고 혼자서 게이트를 찾아갔다. 탑승할 시간이 되자 여자가 나타났고 냉큼 내 앞에 끼어들었다. 나는 다시 비행기에 오르면서 중얼거렸다.

"수회야, 이제 여덟 시간 반만 더 가면 된다."

케냐 항공 승무원들은 모두 흑인이었다. 흑인을 보니 중2 때 영어 캠프에서 만났던 제시가 생각난다. 제시는 자기와 내가 동질감이 있다는 것을 증명하기 위해, 자기 손바닥을 쫙 펴서 내 손바닥에 대며 말했다.

"We have same palm color."

제시가 자꾸 내 옆에 붙어 다니자 엄마는 왜 하필 흑인 계집애가 따라다니게 하느냐고 화를 냈지만 나는 제시가 좋았다. 그 애의 단단한 검은 피부는 손가락으로 튕기면 쩽 하고 갈라질 것처럼 매혹적이었다.

"잠보!"

흑인 승무원이 담요를 나눠 주며 인사를 했다. 거칠고 투박한 천으로 만들어진 담요에서 무게감이 느껴졌다. 조금 전까지만 해도 내 턱밑에서 병아리같이 쫑쫑거리던 여자가 담요를 목까지 끌어 올리고 잠에 빠져들었다. 내 오른쪽에는 구트라를 쓴 아랍 남자가 흰 옷을 입고 큰 눈을 껌벅이며 인조인간처럼 앉아 있었다. 나는 호의적인 웃음을 보내며 벨트를 맸다. 시계를 보니 한국 시간으로 밤 1시가 넘었다. 좁은 비행기 의자가 몹시 불편했다. 엄마는 방학 때마다 누나와 나를 외국으로 보낼 때 꼭 비즈니스 석에 태워 보냈기 때문에 이런 불편을 몰랐다. 엄마는 외국 여행을 보내는 것이라고 했지만 우리는 어학연수라는 것을 알고 있었다. 그렇게 외국을 다녀오면, 엄마는 한동안 누나와 내가 영어로 의사소통을 하도록 강요했다. 엄마 또한 어설픈 영어 실력으로 용감하게 우리 대화에 끼어들었다. 뿐만 아니라 집에는 늘 원어민 선생님이 드나들었다.

"외고를 가야 돼. 그래도 외고 나온 애들이 좋은 대학에 많이 들어가니까."

그렇게 애면글면 영어를 배웠지만 엄마의 간절한 바람과는 달리 누나와 나는 외고 입학시험에서 죽을 쑤고 말았다. 자존심이 구겨진 엄마의 집념은 그때부터 더욱 불타올랐다.

"너희들은 이제 엄마가 짜 주는 스케줄대로 움직여야 해."

엄마는 유명 학원의 과외는 물론이고 개인 족집게 과외 선생님까지 집으로 불러서 쉴 새 없이 몰아쳤다. 정말이지 누나와 나는 움직이는 공부 기계, 아니 시험 기계가 되어야만 했다.

고등학교에 진학한 이후에 이런 엄마의 극성을 더욱 부채질한 이가 바로 수회 새엄마였다. 수회 엄마는 수회가 한국에 들어온 이후, 완전 입시 정보통이 되었다. 어떻게 찾아냈는지 이름난 유명 강사들의 명단을 쫙 꿰어 놓고, 수회와 성적이 엇비슷한 아이 두세 명을 묶어서 한 학기가 멀다 하고 과외의 새판을 짰다.

수회 엄마는 "수회 때문에 마음이 바빠."라는 말을 입에 달고 살았다. 수회 아버지는 주로 아프리카 쪽을 담당하는 외교관이기 때문에 수회는 그동안 아버지를 따라 한국과 아프리카를 옮겨 다니며 학교에 다녔다. 그러다 수회가 고등학생이 되어 뒤늦게 대한민국의 입시 전쟁에 끼어들면서 수회 엄마의 극성이 시작된 것이다.

"얘, 수회는 영어도 되겠다, 아예 미국이나 영국 쪽으로 대학을 보내지, 왜 국내로 들어와서 그래?"

"그랬으면 얼마나 좋겠니? 수회 아빠 고집을 누가 말려. 그리고 애가 워낙 여려서 혼자 떼어 놓기는 좀 그래. 그러는 넌?"

"얘, 내가 남편도 없이 우리 성연, 성민이 믿고 사는데, 애들 유학 보내고 나면 어떻게 해. 나 못 살아. 난 성연 아빠 사고 당하고 나서 하루라도 애들이 내 눈앞에 안 보이면 가슴이 벌렁거리고 식은땀이 나. 이것도 병이지?"

"그래, 얘. 그거 집착이야 집착. 그거 버려야 돼. 너 나중에 애들 시집 장가 보내 놓고 어떻게 살아가려고 그래."

"지금 생각 같아서는 시집 장가 보내도 다 데리고 살고 싶어."

"너도 큰 병이다, 병. 수회 아빠가 그러잖니. 오밤중에 들어와서도 꼭 딸 방에 가서 딸 얼굴 봐야 한다니까. 지독한 집착이야.

하긴, 애도 문제가 있지만. 그러니 나만 정신없이 바쁘잖니."

그런데 이상한 점은 고등학교 동창생인 엄마와 수회 엄마는 마주 앉아 이야기를 할 때는 서로 죽이 척척 맞다가도 돌아서면 완전 악어와 악어새였다. 문제는 우리 엄마가 악어새라는 것이다. 악어 입속을 들락거리며 입시 정보에 대한 먹이를 찾다가도 괜히 제풀에 지쳐 화를 냈다.

"권숙희, 개가 괜히 입시통인 줄 아니? 전처의 딸을 보란 듯이 대학에 보내 놓고 남편한테 큰소리치려고 그러지. 속이 빤히 들여다보이잖아. 웃겨, 자기가 명문 대학을 나왔으면 나왔지⋯⋯."

내가 보기에 수회 엄마가 수회의 친엄마가 아니라서 문제가 되는 건 아니다. 문제는 엄마의 열등감이다. 엄마는 지방 대학 출신이고 수회 엄마는 서울의 명문 여대 출신이어서 그게 우리 엄마를 배 아프게 만드는 것이다. 어쨌든 엄마는 때때로 수회 엄마의 신속 정확한 입시 정보를 염탐하기 위해 밥을 사고 명품 가방을 은근슬쩍 뇌물로 바쳤다. 그러고는 집에 돌아오면 눈초리를 추켜올리고 혼자서 씩씩대곤 했다.

"계집애, 잘난 척하기는⋯⋯. 왜 하필, 코앞으로 이사를 와서⋯⋯."

그러나 이 동네에 먼저 자리를 잡은 쪽은 수회네였다. 그동안 수회네는 외국살이를 했지만 집은 강남에 그대로 있었고 나중에 우리가 이곳으로 이사를 왔다. 그 뒤에 그들이 외국에서 돌아온 것이다. 우리 집 앞 골목을 돌아 모퉁이에 있는 첫 번째 집이 수회네 집이니 정말 엎어지면 코 닿을 곳이었다.

"엄마가 자원해서 밥 사고 뇌물 바치고는 왜 그래?"

"야, 내가 누구 때문에 이러는데……."

성연 누나가 입바른 소리로 슬쩍 긁으면 엄마는 악을 쓰며 소리쳤다. 나도 이제는 엄마의 열정에 지쳤다. 내가 무엇을 위해 달리고 있는지도 모른 채, 엄마의 열정 속에 그저 끌려갈 뿐이니까. 나는 나를 시험 기계로 몰아가는 엄마에게 때때로 알량한 인권을 들먹이며 항의도 해 보았다. 그러나 계란으로 바위 치기였을 뿐, 나는 다시 시험 점수에 목숨을 걸고 책상 앞에 앉을 수밖에 없었다.

내 왼쪽 통로 옆 의자에 앉은 흑인 여자가 큰 엉덩이를 의자 앞쪽에 약간만 걸친 채 꾸벅꾸벅 졸고 있다. 저 여자가 앞으로 쓰러지면 비행기 동체가 중심을 잃고 흔들릴 것 같다. 한참을 그 자세로 졸던 여자가 힘겹게 눈꺼풀을 한번 밀어 올리더니 슬그머니 의자 밑으로 기어 들어갔다. 아마 비행기 바닥에서 자려는 모양이다. 어쨌든 잘됐다. 저 여자가 자꾸 꾸뻑거리면 신경이 쓰일 테니까. 그 뒤에 앉은 롱다리의 백인 남자가 다리를 번갈아 꼬며 인상을 썼다. 나는 그 롱다리마저 바닥으로 끌어 내려 주고 싶었다. 앉아서 더럽게 인상을 쓰느니 차라리 바닥에 철퍼덕 눕는 것이 얼마나 더 인간적인가! 여러 군상들의 어수선한 광경을 지켜보다가 깜빡 잠이 들었다.

수회의 싸늘한 얼굴이 내 얼굴에 닿았다.

"악!"

나도 모르게 비명을 질렀다.

"야, 왜 그래? 너 어디 아프니?"

어깨가 흔들려서 눈을 떠 보니 수회가 아니라 옆에 앉은 여자였다. 여자가 눈을 동그랗게 뜨고 나를 바라보았다. 목덜미에 진땀이 흥건했다.

"죄송합니다. 꿈을 꾸었어요."

"깜짝 놀랐잖아. 개꿈 꿨구나."

여자가 일어나서 화장실로 갔다. 나는 통로에 서서 간단한 스트레칭을 했다. 온몸이 뒤틀리듯이 뻐근했다. 여자가 눈을 비비며 잠에 취한 걸음으로 비틀거리며 걸어와 자리에 앉더니 다시 잠이 들었다. 나도 눈을 감았지만 잠이 들면 누군가에게 계속 쫓겨서 애를 쓰며 달아나는 꿈만 반복되었다. 쫓아오는 게 수회 같기도 한데 얼굴은 보이지 않았다. 자지 말고 그냥 깨어 있는 게 나을 것 같아서 팔을 꼬집었다. 정신을 차려야 한다. 무섭다. 생각하지 않으려고 해도 꿈속에서 느꼈던 싸늘한 얼굴과 가방에 든 수회의 유골이 자꾸 눈앞에 겹쳐서 떠오른다. 정말 나는 나약한 인간이다.

내 옆의 여자는 코까지 골면서 잘도 잔다. 진짜, 남친한테 차이고 아프리카로 도망가면서 속도 편하겠다. 이 여자는 그 남자를 얼마나 사랑했을까? 사랑하는 사람······. 나는 정말 수회를 사랑했다. 그런데 수회는 정말 나를 사랑했을까?

"성민아, 너 수회 좋아하니? 너 대학 가면 수회보다 좋은 애들 얼마든지 널려 있다."

엄마는 내가 수회와 사귀는 것을 싫어했다. 아니, 수회가 아니더라도 내 공부에 걸림돌이 되는 인간이라면 그 누구라도 접근 금지시켰을 거다. 나는 언제나 수회가 보고 싶었다. 수회와 같이 있으면 시간 가는 줄 모르게 즐거웠다. 그러나 참아야 했다. 먼저 엄마가 그토록 원하는 대학에 들어가 줘야 하니까.

수회는 우리 집에 딱 두 주 머물렀다. 학교에서 돌아올 때면 나도 모르게 수리 중인 수회네 빈집 앞에서 발길을 멈추었다. 한밤중에도 환하게 불을 밝히고 공사하는 사람들을 보면 야속했다. 좀 더 천천히 공사가 진행되면 얼마나 좋을까! 마침내 수회네 집 공사가 끝났다. 학교에서 돌아오니 이미 수회가 쓰던 방은 비어 있었다. 아주머니가 청소를 하면서 투덜거렸다.

"정말 괴상망측한 학생이야. 이것 좀 봐, 온 방 안이 고양이 털이고······ 아유, 이 동물 냄새."

"아주머니, 치우기 싫으시면 그냥 두세요."

"아니, 치우기 싫다는 게 아니고······."

아주머니가 내 얼굴을 쳐다보고는 말을 얼버무렸다. 누구든 수회를 좋지 않게 이야기하는 것은 싫었다. 물론 희귀 동물에 빠져 있는 수회가 아주머니 말대로 좀 이상하긴 하다. 하지만 수회와 그 많은 징그러운 것들까지도 어쩐지 내가 보듬고 사랑해야 할 것 같았다.

"수회야, 어때?"

"뭐가?"

"집으로 돌아간 거."

"응, 좋아. 아빠가 우리 애들 편하게 쉴 수 있도록 붙박이장도 만들었어. 정말 좋아. 참, 그동안 고마웠어."

"고맙긴 뭘. 그 애들 보고 싶으면 놀러 가도 되지?"

"그럼."

'수회 네가 보고 싶으면'이라고 말하진 못했지만 그 애들에게 고마웠다. 그 애들 덕분에 수회와 끈을 이을 수 있으니까. 그런데 그 뒤로 수회를 만나기 위해 더 이상 골머리를 싸맬 필요가 없어졌다. 수회 엄마가 짜 놓은 그룹 과외에 나도 끼게 되면서 자연스레 만날 기회가 생겼으니까. 내가 생각했던 것보다 수회의 실력은 상당했다.

"수회 개 독하다. 보기엔 순해 보여도 공부할 땐 악착같나 봐. 지난번 성적 나온 것 봐. 하긴, 자기 아빠 머리를 닮았겠지. 널 앞지르면 어쩌냐?"

엄마는 내가 수회에게 뒤질세라 애를 태웠다. 솔직히 나는 수회한테 성적이 뒤져서 쪽팔리는 것보다 수회를 좋아하는 마음을 엄마한테 들킬까 봐 더 전전긍긍했다. 엄마는 단번에 과외를 옮기고 수회에게서 떼어 놓을 사람이니까. 그리고 내가 보기에 수회는 늘 동물에 빠져 있어서 솔직히, 권숙희 여사가 목매달고 입시 정보통으로 사는 것만큼 악착같지는 않았다. 그 애의 관심은 오로지 애완동물이었다. 심지어 그 애는 징그러운 것들을 주머니에 넣고 다니며 길을 걸을 때도 꿈틀거리는 그것들을 만지작거리며 깔깔댔다.

"애, 조금만 참아. 알아, 알았다고."

"야, 진수회. 사람들이 보면 너 약간 맛이 간 앤 줄 알겠다."

"애가 자꾸 간질이잖아. 호호호."

"오늘은 또 뭐냐?"

"응, 우리 진노랑이야. 볼래?"

수회가 한 뼘쯤 되는 알비노 뱀을 꺼내서 내 손바닥 위에 올려놓았다. 몸이 움칠할 만큼 차갑고 징그러워서 당장 땅바닥에 던져 버리고 싶었지만 꾹 참았다.

"줄기차게 진씨군?"

"그럼. 내 새끼들인데 당근 진씨지. 내 생존의 유일한 정체성과 자존감은 내가 우리 아빠 진대희의 딸이라는 것. 난 진씨를 사랑해! 아이고, 예뻐라!"

수회는 별별 동물들을 다 가지고 다녔는데 그놈들은 하나같이 성이 진씨다. 그러니까 자기 옆에 있는 동물들에게 자신의 성을 부여해서 거의 인간 수준으로 업그레이드 시키는 거다.

수회는 뱀하고 입을 쪽쪽 맞추었다.

"너, 나하고 뽀뽀하자고 하지 마!"

나는 수회가 고 예쁜 입술로 징그러운 놈을 쪽쪽거리는 게 싫었다.

"걱정 마셔. 내 사랑스러운 새끼들하고 뽀뽀하기도 바쁘니까."

"너 학교 갈 때도 얘, 데리고 가지?"

"아니야. 얘는 자꾸 꼼지락거려서 안 돼. 얌전한 애들은 가끔 데리고 가지, 아무도 모르게."

"걔들은 누군데?"

"진잠보와 진잠순이."

"진잠보와 진잠순? 걔들은 무슨 과냐?"

"음, 지렁이과."

"뭐, 지렁이과?"

"응, 요즘 새롭게 알게 된 건데, 걔들 완벽하게 복제된다. 한 마리를 잘라 놓으면 완벽하게 두 마리가 되거든. 재밌지?"

"재미고 뭐고, 야, 모의고사가 코앞이다. 얘네 돌보다가 공부는 언제 하냐?"

"공부? 애들과 같이 하지 뭐."

"말이 되는 소리를 해라. 너 대학 안 갈래?"

"노노노! 난 그딴 것 몰라. 대학? 제인 구달도 대학 안 갔어. 진정으로 하고 싶은 일을 하는데 대학이 무슨 필요야."

"조용히 해라. 너희 엄마 들으면 바로 응급실행이다."

"피, 모의고사랑 애네랑 무슨 상관이 있다고…….."

"그러지 말고 진수회, 공부하자. 너나 나나 지금 열나게 공부하는 것이 국가와 민족 그리고 우리 강경자 여사와 너희 권숙희 여사께 충성하는 길이다. 또, 네가 아프리카로 빨리 갈 수 있는 지름길이기도 하고."

"너나 충성해. 나는 충성보다는 내가 좋아하는 아가들한테로 갈 거야."

눈앞에 뾰로통한 표정으로 입술을 달싹거리는 수회의 모습이 아른거린다.

수회의 동물 사랑은 무작위에 막무가내였다. 땅바닥에 기어가는 개미 한 마리도 그냥 못 지나쳤다. 이건 어떻게 보면 사랑이 아니라 완전 집착이다. 물론 밀림에서 동물 보호가로 살아가고 싶어 하는 아이니까 이해는 된다. 그러나 수회가 나보다 그것들을 더 좋아한다고 생각하면 한꺼번에 밟아 죽이고 싶을 때도 있었다. 오죽했으면 꿈속에서 그것들과 전쟁을 벌이는 악몽까지 꾸었을까! 그런데 수회는 이런 내 마음도 모르고 언제나 그놈들과 쪽쪽거렸다. 지금 생각해 보면 유치한 말이지만 나는 그때 수희에게 소리치고 싶었다. 놈들과 나, 둘 중에서 한쪽만 선택하라고!

나는 비행기 창문 가리개를 올리고 검은 창공을 내다보았다. 끝없이 펼쳐진 어둠 속에 무수한 별들이 꽃잎처럼 빛났다.

수희야, 잘 있지? 널 절대로 잊지 않을게! 만약 저 별꽃이 수희라면 이 무한한 어둠 속을 훨훨 날아가 언제까지나 그 애를 안아 주고 싶다!

# 4
## 살아 있는 해골

케냐다!

비행기 밖으로 나오니 서늘한 바람이 불어왔다. 잠이 덜 깬 사람들이 어두침침한 통로를 말없이 걸어 나갔다. 인천국제공항에 비교하면 조모 케냐타 국제공항은 작고 어두웠다.

"야, 너, 짐 안 찾니?"

"찾아야죠."

"그럼 짐 찾아서 같이 나가자."

악착같이 동행을 요구하다니, 귀찮긴 했지만 내색은 하지 않았다. 계단을 내려와서 가방을 찾으러 가는데 가슴에서 쿵쿵 소리가 났다. 과연 수회가 무사히 잘 왔을까? 중간에 걸리지는 않았겠지? 돌아가는 컨베이어 벨트 앞에 서서 나는 두 눈에 힘을 주고 가방을 찾았다. 아, 내 가방이다. 가방을 본 순간 나도 모르게 심장이 멈추고 몸이 얼어붙는 듯했다. 가방을 꽉 움켜잡는데 팔에서 진동이 일었다.

"야, 너 얼굴 표정이 왜 그래? 어디 아프니?"

먼저 가방을 찾은 여자가 나를 빤히 쳐다보며 물었다.

"아니에요. 그냥……."

입국장에서 여자가 내 앞에 서고 나는 뒤에 서서 입국 심사를 기다렸다. 그런데 문제가 생겼다. 비자가 없어서 입국할 수 없다는 것이다. 가슴이 철렁 내려앉았다. 왜 비자 생각을 못했을까? 빌어먹을, 사람이 사람 사는 곳에 가는데 무슨 놈의 비자는! 이거 아프리카 땅을 제대로 밟아 보지도 못하고 추방되는 것은 아닌지 걱정이다.

내 앞에 서 있던 여자는 이미 출구를 통과해서 나를 기다리고 있었다. 어떻게 해야 하나? 막막했다. 움켜쥔 손바닥에 땀이 고였다. 나는 이러지도 저러지도 못하고 뒤쪽에 멍청히 서서 사람들이 입국장을 빠져나가는 모습을 지켜봤다. 이렇게 난감한 일은 처음이다.

"야, 왜 그래?"

여자가 심사대로 가까이 다가오며 물었다.

"저, 비자가 없어서요."

"아니, 한국에서 비자도 안 받아 왔어? 어떡해?"

여자가 얼굴을 찡그리며 말했다. 이미 사람들은 모두 나갔다. 그때 나를 되돌려 세웠던 직원이 부스에서 나오더니 졸리는 목소리로 말했다.

"비자 오피스로 가세요."

"어디요?"

"저기."

이런 젠장, 가르쳐 줄 거면 제대로 가르쳐 주지. 그 흑인 여자는 손가락질만 하고는 내가 두리번거리는 사이에 벌써 사라져 버렸다. 완전 푸대접이다.

"야, 기다릴게. 갔다 와."

여자가 싱긋 웃으며 손을 흔들었다. 제법 의리 있는 여자다. 나는 여기저기 기웃거리며 '저기'라는 데를 찾아다녔다. 새벽이라서 그런지 어느 곳에도 직원들의 모습은 보이지 않았다. 미로 상자에 갇힌 생쥐처럼 어두침침한 곳을 여기저기 헤매다가 드디어 비자 오피스라는 곳을 발견했다. 문 앞에는 벌써 서너 사람이 오종종하게 앉아 있었다. 괜히 나만 모르고 헤맨 것이다. 어쨌든 안도의 숨이 터졌다.

"직원이 나올 때까지 기다려야 해요."

머리를 뒤로 묶은 동양 남자가 좁은 통로 바닥에 신문지를 깔고 앉으며 말했다. 나도 시멘트 바닥에 가방을 깔고 앉았다.

"비자가 없으면 어떻게 돼요?"

"나도 처음이라 몰라요."

불안하고 초조해서 별의별 생각이 다 들었다. 이대로 한국으로 쫓겨난다면? 그건 안 된다. 이미 수회하고 약속을 한 일이다. 삼십 분을 기다려도 문은 열리지 않았다. 어쩌다가 내가 이렇게 처량하고 한심스러운 꼴이 되었을까! 속이 갑갑했지만 이제는 정말 돌이킬 수 없는 일이다. 마음을 가라앉히고 침착하게 기다리자. 그렇게 무려 한 시간 이상을 기다린 뒤에야 직원이 나타났다.

사람들이 직원을 따라 오피스 안으로 들어갔다. 무슨 말로 어떻게 사정해야 하나? 초조한 마음을 억누르기 위해 마른침만 삼켰다.

"저, 비자가 없어서……."

남자 직원이 두꺼비 같은 눈을 끔뻑이며 나를 쳐다보더니 말없이 내 손에 있던 여권을 가져갔다. 그러고는 내 얼굴과 여권에 붙어 있는 사진을 번갈아 보았다.

남자가 손을 내밀며 말했다.

"50달러."

나는 얼른 지갑에서 지폐를 꺼내 남자의 손바닥에 놓았다. 달러를 받아 든 남자가 내 여권에 푸른 스탬프를 꾹꾹 찍어서 건네주었다.

"땡큐!"

나도 모르게 감동에 젖은 목소리가 튀어나왔다. 정말이지 지금 이 기분이라면 저 흑인 남자의 퉁방울 같은 입술에 키스라도 할 수 있을 것 같았다. 이렇게 해서 태산 같았던 걱정과는 달리 비자 문제는 단 일 분 만에 끝났다.

"후유……."

배 속에서 꽉 막혀 있던 숨이 한꺼번에 터져 나왔다. 다시 입국장으로 갔다. 그런데 입국 체크를 하는 직원이 없었다. 또, 무작정 기다려야 하나? 얼마나 비자 때문에 마음을 졸였는지 출구 앞에 서 있는데 다리가 후들거렸다. 그렇게 기다리길 정확히 이십오 분이 지난 뒤, 마침 지나가던 직원을 붙잡고 사정을 해서 드디어 밖으로 나올 수 있었다.

"야!"

공항 로비에 그 여자가 서 있었다. 감동이다. 나를 기다려 주리라고는 생각지도 못했다. 아는 사람 한 명도 없는 이 낯선 곳에서 낯익은 목소리가 힘이 될 줄 미처 몰랐다. 이 여자처럼 스스럼없고 밝은 사람은 처음이다. 약간 적응이 안 되긴 하지만 그래도 여기까지 함께 온 인연이 어디냐.

"왜 안 갔어요?"

마음과는 달리 목소리가 퉁명스럽게 나왔다.

"이게 웬 섭섭한 소리야. 네가 잡혀 있는데 나 혼자 어떻게 가니? 사람들한테 물어보니 비자 오피스에 사람이 나오면 된다고 해서……. 아아, 너무하다. 기껏 기다려 줬더니 왜 안 갔냐고!"

"그게 아니라……."

여자가 살짝 눈을 흘기며 뾰로통한 표정을 지었다.

"너, 어디로 갈 거니?"

내가 무안해서 대답을 못하고 뒤통수만 긁적거리자 여자가 밖으로 나가며 말했다.

"따라와. 날이 밝을 때까지 쉴 곳을 찾아야지."

밖으로 나오니 공항 마당에는 열대 지방에서 볼 수 있는 키 큰 나무들이 양옆으로 치솟아 있었고, 중앙에는 여러 나라의 국기가 장대 끝에 매달려 바람에 펄럭였다. 아프리카가 무더운 줄 알았던 내 예상은 빗나갔다. 살갗에 와 닿는 바람이 꽤 찼다. 가방에서 점퍼를 꺼내 입었다.

"야, 너 정말 어디로 갈 거야?"

"누나는요?"

"난 날이 밝을 때까지 기다렸다가 시외버스를 타고 시골로 내려가야 해."

"저, 킬리만자로에 가요."

"킬리만자로? 야, 잘됐다. 내 친구가 있는 곳에서 킬리만자로 산이 가깝다고 했어."

"정말이에요?"

"그래. 분명히 그랬어. 야, 그럼 우리 목적지가 비슷하니까 둘이 뭉칠래?"

"그러죠, 뭐."

"그래. 그럼 먼저 어디 가서 좀 쉬어야겠지?"

여자가 택시를 향해 걸어갔다. 게스트 하우스를 묻고 택시 요금을 흥정하는 여자의 영어 실력이 어설펐다. 그래도 기사와 적절하게 타협을 하고 오케이, 땡큐를 연발하더니 손짓으로 나를 불렀다.

"한국 게스트 하우스에 데려다준대. 가자."

택시가 공항을 빠져나오자 눈에 익은 글씨들이 열병식을 하듯 도로 중앙선에 늘어서 있었다. 자세히 보니 대한민국 기업인 '삼성', '엘지' 광고판이었다.

"야! 우리나라 기업이다!"

"베리 굿!"

여자가 삼성 광고판을 손가락으로 가리키자 택시 기사가 알아듣고 외쳤다. 택시 기사는 자기 나라 대통령이 돈을 벌기 위해 온 거리에 기업들의 광고판을 세우게 했다고 설명했다.

"야, 너 영어가 되네, 유학파?"

"아니요, 그냥."

내가 택시 기사와 이야기하는 것을 듣고 여자가 나를 빤히 쳐다보며 물었다. 영어, 그래, 영어라면 좀 된다. 방학 때, 해외 언어 연수는 기본이고 요즘도 주말이면 원어민이 우리 집으로 꼬박꼬박 찾아오는데.

차창 밖으로 보이는 나이로비 시내는 여느 도시와 마찬가지로 높은 빌딩이 줄지어 서 있었다. 아프리카라고 해서 동물의 왕국 초원에서 유유자적 풀 뜯는 동물 떼만 있는 것이 아니라 잘 닦인 도로와 정비된 가로수, 반짝이는 쇼 윈도우도 있었다. 시내를 벗어나 얼마쯤 달렸을까? 택시가 멈추었다.

"사파리 파크 호텔! 뭐냐? 게스트 하우스가 아니잖아. 나쁜 자식, 이렇게 좋은 호텔로 데리고 오면 어떡해?"

여자가 택시에서 내리더니 울상을 지었다. 사실 울상을 지을 만도 했다. 호텔 정면이 무슨 국립공원같이 거창한 고급 호텔이었기 때문이다.

"맞다. 책에서 봤는데 이 호텔이 한국 카지노의 대부가 지었다는 그 호텔이야. 어쨌든 멋있다. 그런데 돌아가야 할 것 같아. 이런 데는 비싸서 안 돼."

여자는 이미 발걸음을 돌리고 있었다.

"그래도 한번 들어가 보기나 하죠."

내가 앞서 호텔 쪽으로 걸어가자 여자가 완전히 겁먹은 얼굴로 말렸다.

"야, 안 돼!"

나는 정문 쪽으로 걸어갔다. 외국의 이런 호텔이야 내겐 이미 익숙한 곳이지만 불빛에 비친 이 호텔 정원은 정말 여느 호텔보다 더 멋졌다. 잘 다듬어 놓은 나무들과 활짝 핀 꽃들, 각종 선인장과 큼직한 호수로 마치 식물원 같았다. 정원을 지나자 유리문

안쪽으로 프런트가 보였다. 프런트 벽면에는 세계의 시간을 알리는 동그란 황금 시계가 제각각 바늘을 달리하여 걸려 있었고 고풍스럽고 우아한 장식물이 여기저기 놓여 있었다.

내가 문을 열고 들어서자 여자도 뒤따라 들어왔다. 프런트에 앉아 있던 아프리카 전통 옷을 입은 잘생긴 남자와 깔끔하게 흰 셔츠를 입은 여자가 동시에 일어나 인사를 했다.

"잠보."

여자가 쭈뼛거리며 숙박비를 물었다. 더블룸이 200불, 트윈룸이 230불이라고 했다.

"야, 빨리 나가자."

한국 사람에게는 할인이 된다는 말을 다 듣기도 전에 여자는 얼굴빛이 변해서 내 팔을 잡아당겼다.

"씨. 한국 사람이 주인이라고 해서 따라왔더니, 돌아이 같은 자식, 이런 고급 호텔에다 내려 주다니……."

여자는 이미 가 버린 택시 기사에게 욕을 했다.

"이럴 때 내가 패리스 힐튼이라면 얼마나 좋을까!"

여자가 안타까운 듯 가슴에 손을 대며 말했다. 나는 인천 공항에서 현금을 인출하여 바꾸어 둔 달러가 생각났지만 뭔가 어색한 기분이 들어서 눈길을 돌렸다.

"좋아. 피 끓는 젊음인데 호텔은 무슨……. 아, 다리야. 여기서 잠시라도 좀 쉬자."

여자가 호텔 앞 가로등 밑에 큰 가방을 내려놓더니 가방에 기대어 비스듬히 누우며 다리를 쭉 폈다. 나도 그 옆에 앉아서 다리를 폈다. 차츰 푸르스름하게 아침이 밝아 오기 시작했다. 나는 가방을 무릎에 올려놓았지만 그 안에 든 유골이 생각나서 꼭 끌어안았다. 삶과 죽음은 이런 것인가? 우습다. 살아 있을 때 그렇게 수회 옆에 있고 싶어 했는데 지금 이렇게 한 줌 뼛가루가 된 수회를 안고 있다. 하지만 알 수 없는 두려움이 마음 한구석에서 스멀거리는 것은 어쩔 수 없었다.

'그래, 이것은 수회가 남기고 간 일부분일 뿐이다. 수회처럼 착한 애가 귀신이 되어 나를 괴롭힐 리가 없다. 수회는 착한 천사가 되어 저 하늘을 훨훨 날아다니고 있다.'

속으로 스스로를 다독이는데 여자가 눈을 번쩍 뜨며 소리쳤다.

"야, 해다. 해가 떴다!"

하늘 끝에서 붉은 해가 불쑥 솟아올랐다.

"감격스럽지? 아프리카에서 처음 맞는 태양이다!"

"그러네요."

눈이 부셨다.

그때, 키가 큰 남자와 그 남자의 어깨쯤 오는 남자가 우리 앞에 멈춰 섰다. 나는 잔뜩 긴장하고 가방을 꼭 움켜잡았다.

남자들은 뭐라고 지껄이며 히죽히죽 웃다니 여자의 팔을 툭툭 쳤다.

여자가 날카롭게 소리쳤다.

"노 터치!"

"오, 잉글리시? 차이나? 재패니스?"

"코리아. 싸우스 코리아."

여자가 귀찮은 듯 작은 목소리로 대답하자 키 작은 남자가 손을 내밀어 악수를 청했다.

"오. 싸우스 꼬레아."

여자가 어이없다는 듯 고개를 돌렸다. 두 남자는 마약중독자처럼 눈자위가 벌겠다. 나는 괜한 시비를 만들지 않으려고 여자 대신 손을 내밀어 악수를 했다. 검은 손의 차가운 감촉에 기분이 이상했다. 키 큰 남자가 여자 앞에 쪼그려 앉더니 손을 잡으려했다. 여자가 당황한 목소리로 소리쳤다.

"저리 가!"

그때였다. 키 작은 남자가 여자의 팔에 걸려 있는 작은 가방을 확 낚아채더니 달아났다.

"몰라, 몰라, 어떡해. 이 도둑놈들아!"

여자가 자지러지는 소리를 내며 쫓아갔다. 나도 일어나 여자가 두고 간 큰 가방을 들고 뛰었다. 놈들은 바람같이 빨랐다. 울퉁불퉁한 길을 지나 언덕을 오르면서 놈들의 모습이 점점 멀어져 갔다. 나는 여자에게 가방을 넘겨준 뒤, 그야말로 젖 먹던 힘까지 다해 정신없이 쫓아갔다. 그런데 놈들은 작은 오두막집을 돌면서 보이지 않았다. 분명히 그 집으로 들어간 것 같았다. 그런데 막상 집 앞에 이르니 겁이 났다. 그놈들이 칼을 들고 나온다면, 집 안에 다른 놈들이 있다가 한꺼번에 달려든다면 맞아 죽을 수도 있다. 이건 아니다.

'수회를 킬리만자로에 데려다주어야 하는데 여기서 개죽음 당할 수는 없지!'

나는 돌아서서 오던 길을 되짚어 미친 듯이 뛰었다. 뒤에서 놈들이 칼침을 놓는다. 몽둥이로 내리친다. 방아쇠를 당긴다. 영화에서 본 액션 장면들이 머릿속에서 공포스럽게 뒤섞여 돌아갔다. 여자가 숨이 턱에 닿아서 헐떡거렸다.

"아이, 어떡해. 그 안에 여권이랑 지갑이랑 다 있는데……. 난 몰라."

여자는 울상을 지으며 발을 동동 굴렀다. 나도 맥이 탁 풀렸다. 공항에 내리자마자 비자 때문에 잔뜩 쫄고, 이번에는 날도둑놈까지……. 이 나라에 들어서는 순간부터 뭔가 일이 자꾸 꼬여 돌아간다. 약이 올라서 미칠 지경이다. 여자는 숨을 헐떡거리면서 자꾸 눈물을 찍어 냈다. 이 상황에서 울긴. 경찰에 신고할까? 경찰을 어떻게 부르지? 만약 경찰이 왔는데 그 집에 범인이 없다면? 나는 잠시 망설이다 다시 돌아섰다. 이렇게 도망치는 것은 비겁하다. 그래, 한번 부딪쳐 보자.

"저기 보이는 저 집으로 범인이 들어간 것 같아요."

"정말?"

여자의 몸이 금방 튕겨 나갈 것처럼 기울어졌다.

"안 돼요. 범인이 두 놈인데……."

"그래도, 죽든 살든 붙어 봐야지. 돈은 가지라고 하고 여권만이라도 돌려받아야 해."

여자의 빨개진 볼 위로 땀과 눈물이 섞여 흘러내렸다.

"그래도……."

"어쨌든 난 갈 거야."

여자가 뛰었다. 나도 뛰었다. 집 앞에 먼저 다다른 여자는 숨 돌릴 새도 없이 문을 마구 두드렸다. 흙벽돌로 지은 집은 엉성했고 나무로 만든 문도 성글었다.

"계세요? 아무도 안 계세요?"

나는 힘껏 문을 밀었다. 삐거덕 소리가 나면서 문이 열렸다. 집 안은 깜깜했다. 가슴을 펴고 호흡을 골랐다. 여자가 집 안으로 들어갔다. 나는 두 주먹을 불끈 쥐었다. 몸이 떨렸지만 이를 악물고 발을 내디뎠다.

"악!"

순간, 여자가 비명을 지르며 밖으로 뛰어나오더니 두 손으로 얼굴을 감싼 채 비틀거렸다.

"왜 그래요?"

내가 돌아서며 여자를 붙잡는 순간, 뒤에서 누가 내 어깨를 짓눌렀다.

"뭐야?"

세상에! 허리에 천 조각 하나만 걸친 새까만 해골이 내 어깨를 움켜잡았다. 소름이 쫙 끼쳤다. 해골한테서 고약한 냄새가 확 풍겼다.

"악!"

나도 모르게 저절로 비명이 나왔다. 여자는 벌써 저만큼 달아나고 있었다. 나도 해골의 손을 뿌리치고 뛰었다.

"귀, 귀신이지?"

여자가 숨이 막혀서 캑캑거렸다. 얼마나 뛰었던지 심장이 터질 것 같았다. 뒤를 돌아보니 이미 그 집은 저 멀리 있었고 해골도 보이지 않았다. 여자가 그 자리에 털썩 주저앉았다.

"도저히 못 걷겠어."

"힘을 내요."

나는 여자의 손목을 잡고 이끌었다. 그렇게 한참을 걷다 보니 다시 사파리 파크 호텔 앞이었다. 온몸이 폭삭 무너져 내렸다. 그대로 땅바닥에 철퍼덕 주저앉았다. 조금 전에 본 해골이 눈앞에서 떠나지 않았다. 윤성민, 힘내! 처음부터 예감이 안 좋아. 빨리 수회를 킬리만자로에 데려다주고 이 나라를 뜨자.

돌이켜 생각해 보니 이번 여행은 너무나 무모한 시도였다. 수회를 킬리만자로에 데려다준 뒤에는? 다시 집으로 돌아간다?

그리고 아무 일도 없었던 것처럼 학교에 간다? 튕겨 나온 자동차 바퀴가 제자리에 맞춰지면, 그래, 다시 굴러가는 수밖에는……. 아니다. 돌아갈 생각 말고 나도 저 여자하고 여기서 봉사 활동이나 할까? 말도 안 된다. 차라리 킬리만자로에 올라가 수회와 함께 누워, 바람에 쓸리다가 죽어 버릴까!

# 5
## 수희, 굿모닝!

햇볕이 녹슨 창살처럼 쏟아져 내렸다. 이 쨍쨍한 뙤약볕을 받으며 땅바닥에 퍼질러 앉아 있는 내 모습이 한심해서 미칠 지경이다.

"나쁜 놈들. 정말 나쁜 놈들. 뭐 그딴 놈들이 다 있어."

여자는 분을 참지 못하고 또다시 욕을 해 대며 눈물을 훔쳤다. 그 모습을 보니 짜증이 났다. 차라리 혼자였으면 이런 고생을 하지 않아도 될 것 같았다.

그때였다. 회색 구륜 자동차가 우리 앞에 섰다.

"어, 이봐요. 거기 한국 사람들이오?"

차 안에서 어떤 뚱뚱한 중년 남자가 손짓을 하며 불렀다. 낯선 나라에서 듣는 한국말이 무척 반가웠다.

"우리 종업원이 한국 사람이 왔었다고 해서. 난 지금 집에 가는 길인데 괜찮다면 우리 집에 같이 가지."

"그게 좀⋯⋯."

"저런, 울고 있잖아. 어디가 아파?"

내가 망설이자 아저씨가 여자를 보고 걱정스러운 눈빛으로 차에서 내렸다. 인상이 좋아 보이긴 했지만 자라 보고 놀란 가슴 솥뚜껑 보고 놀란다는 말처럼 낯선 사람을 선뜻 따라가고 싶지 않았다.

여자가 지친 목소리로 물었다.

"아저씨, 정말 아저씨네 가도 돼요?"

"물론이지. 자, 어서 가자고."


아저씨네 집은 가까웠다. 아저씨가 집 앞에서 경적을 몇 번 울리자 흑인 남자가 뛰어나와서 문을 열어 주었다. 잔디가 깔린 마당 한쪽에서 늑대 개 두 마리가 뛰어오르며 컹컹 짖어 댔다. 마당을 지나자 아담한 벽돌 건물이 나왔다. 집 안은 아무도 없는 듯 고요했다. 나는 주변을 두리번거리며 긴장을 늦추지 않았다.

"학생들 같은데, 남매인가?"

"아, 예."

나는 여자에게 눈을 찡긋하고는 재빨리 상황 파악에 들어갔다. 거실에 가족사진이 걸려 있고 세간을 모두 갖춘 것을 보니 여느 가정집과 별다를 바 없었다. 긴장이 약간 풀렸다. 아저씨가 빵과 우유를 내왔다. 나는 날도둑놈들한테 가방 뺏긴 얘기를 했다.

"그나마 다친 데가 없으니 다행이네. 여기 사람들, 총을 가지고 다닌다고, 총!"

"그런데 아저씨, 그 남자 정말 해골일까요?"

"아니야. 해골이 어떻게 걸어. 내 생각엔 아마 에이즈 환자였을 거야. 여기는 에이즈 환자가 많아. 에이즈 환자들이 죽을 때 그렇게 바짝 말라서 죽는다지."

나는 검은 해골의 퀭한 눈빛이 떠올라 몸서리가 쳐졌다.

"자, 빨리 대사관부터 가야 해. 여권 분실 신고부터 해야지. 여기서 대사관이 꽤 머니까, 그래, 내가 태우고 가지."

정말 친절하고 고마운 아저씨였다.

"야, 너는 여기서 좀 쉬어."

여자가 토끼처럼 빨개진 눈으로 자기 가방을 가리켰다. 아마 자신의 가방을 지키라는 암시 같았다. 잘됐다. 피곤해 죽겠는데 우선 좀 쉬고 보자. 아저씨와 여자가 나간 뒤, 나는 소파에 누워 잠이 들었다.

얼마나 잤을까? 꽤 곤하게 잤는지, 일어나 보니 뒤통수가 땀으로 젖어 있었다.

"일어났니?"

언제 돌아왔는지 머리를 감은 여자가 젖은 머리를 닦으며 웃었다. 여자의 부은 두 눈을 보니 안쓰러운 마음이 들었다.

"분실 신고 잘 했어요?"

"응. 내일 임시 여권을 발급해 준다고 찾으러 오래."

나는 햇볕이 내리쬐는 마당으로 나갔다. 곱상하게 생긴 흑인 남자가 개털을 빗겨 주면서 인사를 했다.

"잠보!"

나도 따라서 인사를 했다.

"잠보!"

아저씨가 그 옆에서 화초를 매만지고 있었다.

"많이 피곤했나 봐? 자, 이제 들어가서 밥 먹자고. 여기는 우갈리가 주식인데, 어때, 아프리카 온 기념으로 오늘 우갈리 먹어 볼까?"

"아, 네. 그러죠."

오랜만에 가정의 따스함을 맛보니 기분이 좋았다. 흑인 아주머니가 식탁을 차렸다.

"자, 들자고. 이게 우갈리와 퓌레야. 이곳은 옥수수 가루를 끓는 물에 개어서 만든 우갈리가 주식이야. 그리고 이건 퓌레인데 옥수수하고 콩을 넣어서 푹 삶은 거야. 참, 아프리카 사람들은 숟가락을 안 쓰고 손으로 먹어. 손으로 조물조물 떼어서 먹으면 먹기도 좋아. 그럼, 들자고."

"고맙습니다."

여자가 손으로 우갈리를 조금 떼어 입에 넣었다.

"어, 고소한데……."

나는 차마 손으로 먹을 수가 없어서 스푼으로 조금씩 떠먹었다. 우갈리는 닝닝한 게 아무 맛도 없었다. 그래도 퓌레는 옥수수와 강낭콩이 고소하여 먹을 만했다.

"그래, 발런티어로 왔다고? 젊음을 바쳐 봉사하는 건 참 좋은 일이지."

"아저씨는 여기에 언제 오셨어요?"

"여기 온 지는 이십 년이 넘었어. 아까 그 사파리 호텔에서 일해. 우리 애들은 지금 한국에서 대학에 다니고 있지. 집사람도 애들 보러 한국에 가고 없어. 집사람이 있으면 좋을 텐데. 그래도 내 집이다 생각하고 편히 쉬어."

밥을 먹은 뒤 우리는 텔레비전을 보았다. 케냐 방송국에서 녹화를 했다가 보여 주는지, 영국의 BBC와 미국의 CNN이 같은 뉴스를 계속 반복하고 있었다. 여자는 텔레비전을 보면서 꾸벅꾸벅 졸았다. 나는 마당으로 나가서 아저씨의 화초 가꾸는 일을 도왔다.

저녁이 되자 아저씨가 거실 안쪽에 붙어 있는 방을 마련해 주었다.

"남매니까 한방을 써도 되겠지. 우선 옆에다 간이침대를 펴고 좀 쉬어. 다른 방들은 청소가 안 돼 있어서."

아저씨는 우리가 남매임을 굳게 믿는 모양이었다.

그래, 지금부터 이 여자를 누나라고 생각하자. 성연 누나처럼.

영아 누나와 한방에 있으니 어색하고 불편했다. 성연 누나하고도 같은 방에서 자 본 적이 없는데.

"아, 이래서 동포가 좋은 건가. 한국을 떠나면 모두 애국자가 된다더니, 친절한 아저씨한테 도움을 받고 보니 우리나라가 갑자기 자랑스럽네!"

영아 누나가 어색한 분위기를 떨치려는 듯 목소리 톤을 높여 말했다. 나는 그런 누나를 바라보며 피식 웃었다.

방에는 창문 쪽으로 책상과 옷장이 놓여 있고 한가운데에 침대가 있었다. 침대에는 하얀 모기장이 천장에서부터 길게 늘어져 있는데 방 주인이 키가 큰지 침대가 무척 길고 높았다. 누나가 침대에 올라가 누웠고 나는 간이침대를 펴고 누웠다.

"야, 너 왜 킬리만자로에 가려고 그래? 등반하려고?"

"네."

"그게 말이 되냐? 고딩이?"

"왜, 고딩은 등반하면 안 돼요?"

"그래, 알았어. 이렇게 겉도는 대화는 서로에게 소모전이니까. 그만 자자. 불은 켜 놓고 자."

"누나, 누나는 좋은 사람 같아요."

"좋긴, 야. 목소리 풀어. 네가 센티멘털하게 나오면 난 적응 안돼. 지금 너하고 한방에 누워 있는 것도 영 어색해 죽겠는데……."

"으흥!"

"아이, 깜짝이야. 야, 저리 가!"

나는 분위기를 바꿔 보려고 누나에게 장난을 쳤다. 솔직히 나도 적응이 안 되기는 마찬가지다.

"잠드는 게 무서워요."

"왜, 또 악몽 꿀까 봐? 아까는 소파에 앉아서도 잘 자던데, 뭐."

"악몽 꾸면 구해 줘요."

"왜 악몽을 꿔? 무슨 일 있니?"

"아니요."

"어쨌든 너, 이 위로는 절대 눈길도 돌리지 마."

누나가 경고성 발언을 했다.

"왜요?"

"나 잠들면 자세 엉망이거든."

"나도 이하 동문."

"그리고 넌 어디까지나 내 동생이야. 명심해!"

철저하군. 완전히 녹초가 된 이 상황에서도 안전 점검을 하다니. 웃음이 나왔다. 나는 잠든 누나의 얼굴을 가만히 올려다보다가 수회를 생각했다. 수회와 같이 있으면 하얀 볼과 붉은 입술과 봉긋한 가슴과…… 그리고 수회의 모든 것을 갖고 싶었다. 그러나 겁이 났다. 성급한 내 행동으로 수회와 끝날 수도 있다는 두려움 때문에. 그런데 포화 상태에 이른 말초신경들이 마구 부풀

66

어 오르면서 내 이성을 마비시킨 날이 있었다. 그날이 수회를 처음 안아 본 날이다. 나는 내 방에서 책을 보고 있던 수회를 와락 끌어안고 말았다.

"안 돼."

수회가 거칠게 나를 밀어냈다.

"……."

수회의 얼굴이 붉게 물든 단풍잎 같았다.

"수회야, 난 네가 좋아."

"……."

거친 입김이 서린 내 고백이 미처 끝나기도 전에 수회가 나를 밀치고 밖으로 나갔다. 미안하고 창피하고 부끄럽고……. 그런데 이상하게도 한편으로는 어쩐지 벅찬 느낌……. 그러나 수회가 우리 둘의 관계를 그만 끝내자고 할까 봐 한동안 후회막급, 노심초사했다. 그때 만약 더 진도가 나갔으면 어땠을까?

그러나 그다음에 만났을 때 수회는 나를 탓하지 않고 줄곧 아프리카 이야기만 했다.

"성민아, 아프리카 곰베에서 침팬지를 연구하는 제인 구달 알지? 제인 구달은 침팬지를 연구하면서 인간의 오만을 깨트렸어. 과학자들은 인간만이 행복과 슬픔, 분노, 공포, 절망 같은 감정들을 느낀다고 생각했거든. 하지만 제인 구달은 침팬지도 얼굴 표정을 보고 인간과 똑같이 감정을 느낄 수 있다는 사실을 알아냈어. 그리고 호모 사피엔스만이 도구를 사용하는 존재라고 으스댔잖아. 그런데 침팬지들도 풀줄기를 이용해서 흰개미를 잡아먹더래. 사람처럼 우정을 나눌 줄도 알고. 제인 구달이 처음 사귄 그레이비어라는 침팬지는 잘 익은 야자열매를 우정의 표시로 직접 갖다 주기도 했대. 동물과 인간의 교감, 재미있지 않니? 나는 아프리카로 갈 거야. 킬리만자로 산 밑에 오두막을 짓고 동물과 함께 살 거야."

결국 길고 긴 아프리카 이야기를 들어 주는 것으로 사과를 대신했지만 그 뒤에도 수회를 안아 보고 싶은 욕망은 줄어들지 않았다.

"수회, 인마. 너 정말 나빴어. 그 예쁜 모습을 네 마음대로 소멸시키면 안 되는 거잖아……."

나도 모르게 눈가로 물방울이 흘러내렸다.


아침에 일어나니 기분이 좋았다. 어제저녁의 걱정과는 달리 단잠을 잤기 때문이다. 역시 두려움은 나약한 내 마음속에서 비롯된 것이다.

"수회, 굿모닝!"

나는 가방을 보며 즐거운 목소리로 수회에게 아침 인사를 했다. 이제는 수회의 유골과 친하게 지낼 생각이다. 잘될지는 모르지만 괜히 겁먹지는 말자. 아침을 먹은 후, 아저씨의 허락을 받고 컴퓨터를 했다. 인터넷에 접속하고 먼저 메일을 열었다.

윤성민, 어디 있냐? 이 멜 읽었음 연락해라. 강경자 여사
사망 직전이다.

성연 누나가 보낸 메일이다. 보지 않아도 어떤 상황인지 짐작
이 간다. 지금쯤 엄마의 두 눈에 그 언젠가 봤던 햇발보다 더 붉
은 가지가 뻗쳐 있을 거다.

윤성민, 지금 어디냐? 이 악질 부르주아야! ㅠㅠ

반갑다, 짜식, 재성이 녀석이다. 사실 나는 떠나기 전에 녀석
에게 킬리만자로에 대한 내 계획을 말했다. 하지만 녀석은 내 계
획을 부르주아적 발상으로 몰아가서 기분이 좀 상했다.
"돈이 있으면 무슨 짓이든 못하겠냐? 가라, 가."
녀석은 손바닥으로 내 등을 탁 치며 돌아섰다. 그 녀석, 지금
쯤 꽤나 내 걱정을 하고 있을 거다. 아니, 어쩌면 나와 친하다는
죄 때문에 담임한테 엄청 추궁당하고 있을지도 모른다. 나는 잠
시 망설이다가 답장을 썼다.

재성아, 무사히 잘 왔다. 나중에 볼 수 있으면 보자. 그리

고 내 소식은 비밀로 해 다오.

'보내기'를 누르기 전에 다시 생각해 보니 이 메일 때문에 재성이가 곤란할 수도 있겠다는 생각이 들었다. 나는 썼던 글자를 지웠다. 지금 생각해 봐도 녀석과의 첫 만남은 한마디로 골 때리는 일이었다. 고등학교에서의 첫 수업이 시작되는 날이었다. 내 오른쪽에서 인상을 구기고 앉아 있는 녀석을 보니 첫눈에 거슬렸다. 아직 새파란 놈이 코 밑에 시꺼먼 수염을 방치한 채 신성한 교실에 나타난 것부터가 불량스럽기 그지없었다. 거기다 녀석은 수업 시간에 책상에 고개를 처박고 제멋대로 뻗친 머리카락을 쥐어뜯다가 수학 선생님한테 얻어터지기까지 했다. 그런 녀석에게 비호감을 느낀 건 당연한 일이다. 셋째 시간이 끝난 뒤, 녀석이 통성명도 없이 불쑥 내게 첫마디를 건넸다.

"야, 너 어디 중학교 다녔냐?"

"왜?"

나는 되도록 그 녀석과 엮이지 않으려고 건성으로 학교 이름을 댔다.

"야, 너 부르주아 학교에 다녔네. 너희 집 부자냐?"

정말 시건방진 녀석이었다. 마음을 다잡고 새롭게 출발하는 이 의미 있는 시점에 저런 녀석을 만났으니 완전 왕재수다. 마음 같아서는 한 대 갈겨 주고 싶었다.

"야, 나 부르주아 되게 싫어해."

미친 녀석! 제깟 녀석이 부르주아를 싫어하든 말든 그게 나와 무슨 상관이야. 그래, 아예 상대를 말자. 내가 입을 다물자 더 피근피근 달라붙었다. 언젠가 한번 붙을 것 같은 예감이 들었지만 일단은 신경을 끊고 녀석을 경계했다. 1학기가 끝나고 새 학기가 시작된 어느 날이었다. 체육 시간이 끝난 뒤 내 어깨를 툭툭 치며 모래를 날리는 녀석과 드디어 한판 붙었다. 나보다 키도 더 작은 녀석이 어찌나 맹렬하게 돌진하는지 오히려 내가 나가떨어졌다. 그날 체육 선생님한테 불려 가 반성문을 쓰고 돌아오면서도 얼마나 화가 나고 분한지 녀석을 한강 물에 처넣고 꼴깍꼴깍 물 넘기는 소리를 듣고 싶었다.

"괜찮냐?"

다음 날 아침, 교실에 들어서자 녀석이 빙글거리며 물었다. 나는 대답하지 않았다. 학교가 끝나자 녀석이 운동장을 가로질러 가던 내 옆에 바짝 따라붙으며 말했다.

"야, 너 괜찮은 애 같다. 부르주아들은 살짝만 건드려도 엄마 아빠, 쌍으로 몰려와 학교를 뒤집어 놓거든……."

사실, 나도 어떤 식으로든 녀석에게 앙갚음을 하고 싶어 별별 보복을 다 생각했다. 그러나 내 피 끓는 복수에 동참해 줄 사람은 아무도 없었다. 텅 빈 집으로 돌아와 샤워를 하는데 나 자신이 초라하고 내 인생이 엿 같아서 울컥울컥했다. 그런 내 모습을 거울

앞에서 바라보니, 또 한없이 불쌍하고 초라하게 느껴졌다. 나는 끝내 그놈에게 맞았다는 이야기를 아무에게도 하지 않았다.

"야, 솔직히 터지는 건 괜찮은데 부모님 오라 가라 하면 골치 아파. 어쨌든 미안하다."

그때 그 녀석의 모습이 왠지 쓸쓸하게 보이고 알 수 없는 동질감이 느껴졌다. 말로는 설명할 수 없지만 어떤 외로움, 느껴 본 사람만이 알 수 있는 애매모호한 감정 같은 게.

어쨌든 그 뒤로 우리는 서로 썩 괜찮은 친구가 되었다. 그러나 녀석의 부르주아에 대한 공격의 강도는 불변했다. 지난주 화요일만 해도 그렇다. 사회 시간에 소비문화에 대해서 자신의 생각을 발표할 때, 녀석은 우리 엄마가 하는 명품점을 예로 들어서 여자들의 우월감을 조장하는 개탄스러운 곳이라고 씨부렁댔다. 하긴, 돌아서서 뒷담화 까는 놈들보다는 송곳처럼 쑤셔 대는 그 녀석이 더 솔직하니까. 그건 순전히 녀석의 열등감에서 비롯된 조잡한 시비라는 것을 알고 있으니까. 그런데 신기하게도, 때때로 녀석한테서 부르주아에 대한 혹독한 비판을 받고 나면 왠지 나른했던 내 정신세계가 어느 정도 세척되는 기분이 들었다.

2학년 때도 녀석과 같은 반이 되었다. 우린 변함없이 우정을 나누었지만, 안타깝게도 재성이는 엄마가 경계하는 요주의 인물에 걸려들었다. 이 요주의 인물이란 내 공부에 방해가 되는 인물을 말한다. 그렇다고 재성이네 집까지 찾아가다니, 엄마가 너무했다. 지난달 어느 금요일, 수업을 마치고 몇몇 아이들과 오랜만에 어울렸다.

"야, 윤성민. 네가 그래도 머니 잔고가 가장 빵빵하잖아. 오늘네가 쏴라."

나는 물귀신 작전에 말려들어 마지못해 녀석들을 이끌고 패밀리 레스토랑으로 갔다. 문 앞에 이르러 물끄러미 간판을 올려다보던 재성이가 낮은 목소리로 말했다.

"야, 윤성민. 너 지금 너희 엄마처럼 돈 자랑하냐?"

"우리 엄마?"

"그래. 너희 엄마를 만났지. 친절하게 우리 집까지 찾아오셨으니……."

"왜 나한테는 말 안 했어?"

"일부러는 아니고, 너희 엄마와 너를 묶어서 생각하기 싫었을뿐이야. 그러면 골치 아프거든. 너는 너, 너희 엄마는 너희 엄마!"

그리고 녀석은 돌아서서 아이들을 향해 소리를 질렀다.

"야, 우리 떡볶이나 먹으러 가자."

"떡볶이?"

"그래, 빨리 따라와."

나는 화가 치밀어 견딜 수 없었다. 당장 녀석을 붙잡고 자초지종을 물어보고 싶은데 애들이 옆에 있으니 그럴 수가 없어서 미칠 지경이었다. 이런 내 기분도 모르고 녀석은 입가에 고추장을 벌겋게 묻혀 가며 열나게 떡볶이를 먹었다.

엄마가 재성이네 집까지 찾아간 배후에는 분명히 담임의 고자질이 있었다. 2학년이 되면서 엄마는 담임과 공동전선을 구축하여 학교와 집에서 불철주야 나를 지키기로 도원결의를 맺은 듯했다. 담임과 엄마가 어떻게 연결되는지는 잘 모르지만 내 특이 상황이 신속하게 전달, 보고되는 것을 보면 틀림없었다. 이미 엄마는 몇 달 전부터 재성이에 대한 경계경보를 발령한 상태였다.

"윤성민, 너희 반에 김재성이라는 애 있지? 그 애 성격이 삐딱하다며? 가까이 하지 마."

"엄마가 재성이에 대해서 뭘 안다고 그래요?"

"왜 몰라? 엄마 안테나는 언제나 우리 아들에게 향해 있는데."

결국 엄마는 그 성격 삐딱하다는 아이를 파악하기 위해 찾아갔던 것이다.

"애, 재성이 그 애와 놀지 마. 공부는 좀 한다 해도 격이 다르잖니."

어느 날 엄마는 뜬금없이 정색을 하고 재성이와 단절할 것을 강력하게 요구했다. 그 이유가 바로 엄마 나름대로 '격'이라 표현한 빈부 차이였다. 그나마 강남 한복판에서 한 재산 하는 집안의 아들 윤성민과 빌라 반지하 방에 사는 도시 빈민의 아들 김재성은 서로 격이 다르다는 것이다. 도대체 이 어처구니없는 논리가 가당키나 한가?

"엄마, 재성이네 왜 갔어요?"

나는 집에 오자마자 가방을 팽개치며 엄마한테 대들었다.

"그러지 좀 마요. 담임도 찾아다니지 말고요. 제발 부탁이에요."

"아들, 이건 부탁이 아니라 협박 같은데……. 알았어. 너 신경 안 쓰이게 할 테니까 걱정 마. 그러나 아들이 그런 애와 노는 건 문제가 있지. 친구란 서로 격이 맞아야 하는 건데."

열에 받쳐 있는 내 모습을 보고도 엄마는 느긋하게 농담 속에 진담을 섞었다. 엄마가 찾아갔을 때 그 자존심 센 녀석은 얼마나 황당했을까? 녀석, 그런 일을 내색도 안 하고 어떻게 참고 있었는지.

"야, 말 좀 해 봐."

"뭘 말해, 인마!"

"우리 엄마가 뭐라고 했어?"

"골치 아프게 뭘 자꾸 물어. 됐네, 이 샌님아!"

재성이는 끝내 말하지 않았다. 그래, 나는 나, 엄마는 엄마다. 괜히 자꾸 묻다가 녀석의 자존심에 상처를 낼 수도 있다. 미안하다. 재성아!

인터넷에서 한국 소식을 이것저것 찾아 읽었다. 윤성민이 없어도 대한민국은 여전했다. 우리 반 카페에 들어갔다. 첫머리에

'윤성민 실종!'이라고 올려져 있었다.

우리의 학우 윤성민이 어제 아침 일찍 집을 나간 뒤 실종
되었다. 건강한 모습으로 빨리 돌아오기를 함께 기원하자.

어째 무슨 신문 광고 같다. 이건 분명히 담임이 쓴 글이다. 그
밑으로 댓글이 딱 두 개 달려 있었다.

-나가 죽어라.
-짜식 존말 할 때 얼릉 와.

설핏 녀석들이 부러운 생각이 들었다. 나도 글 한 줄을 남길
까 생각하다가 그냥 나와 버렸다. 솔직히 말해서 같은 반 친구가
졸지에 사라졌는데도 공붓벌레 녀석들은 관심도 없을 거다. 아
니, 경쟁자가 한 명 사라졌다고 좋아할지도 모른다. 가슴이 할퀸
것처럼 쓰라렸다.

# 6

## 네 말은 틀렸어

나는 여행용 가방에서 수회의 유골을 꺼내 등에 메고 다니는 가방에 넣었다. 혹시 여행용 가방을 잃어버리더라도 메고 다니는 가방만 잘 챙기면 된다는 생각이 들었기 때문이다. 우리는 친절한 아저씨에게 거듭 감사를 드리고 집을 나섰다.

나이로비 시내를 걸어 다니는데 짜증이 났다. 한 나라의 수도라는 곳이 엉망이다. 차들은 몰려다니는데 신호등도 없고 차도와 인도의 구분도 없었다. 거리에는 쓰레기가 널브러져 있고, 길가에 몰려 있는 노점상들이 물건을 들고 찻길로 뛰어다니며 운전사들한테 물건을 사라고 소리치고 있었다. 게다가 차도를 뛰어다니며 소리치는 이들은 대부분 어린아이였다. 아이들은 차가 정체되면 곧장 차 옆으로 바짝 다가가 물건을 내밀었다. 어른들은 뭐 하고 저렇게 어린아이들을 거리로 내모는지!

너무 일찍 나온 탓인지 대사관 문이 닫혀 있었다.

누나가 대사관 앞쪽에 있는 대학 안내 표지판을 가리켰다.

"야, 우리 저기 보이는 나이로비 대학에나 가 보자."

"그러죠, 뭐."

나이로비 대학 캠퍼스는 그런대로 아프리카다운 멋이 있었다. 우리는 정면에 보이는 도서관으로 들어갔다. 아직 이른 아침인데도 낡고 두툼한 책상들이 줄지어 놓인 도서관에는 꽤 많은 학생들이 있었다. 학생들은 우리를 보고 웃거나 뭐라고 자기들끼리 속닥거렸다. 어떤 학생은 다짜고짜 손을 쑥 내밀며 악수를 청했다. 도서관을 한 바퀴 돌았지만 아직 시간이 남았다.

"야, 우리 카렌 블릭센 박물관에 가 볼래? 난 나이로비에 오면 그곳에 꼭 가 보고 싶었어."

"거기에 뭐가 있는데요?"

"얘는, 그 유명한 영화 「아웃 오브 아프리카」도 모르니?"

"몰라요."

"하긴, 하도 오래된 영화라서. 나도 이번에 여기 오기 전에 아프리카에 대해서 공부하려고 봤어. 카렌 블릭센은 덴마크 여자야. 실제 인물이래. 약혼자를 찾아서 이곳으로 와서 결혼식을 올리지만 남편은 사냥을 나가면 오랫동안 돌아오지 않는 거야. 그러다가 데니스란 남자를 만나서 사랑하게 되지. 데니스와 카렌이 춤추는 장면 정말 멋있어. 오리지널 사운드트랙이 울리고, 안타깝게도 데니스가 비행기 사고로 죽게 돼. 정말 애끓게 진행되던 사랑이었는데…… 어쨌든 음악도 좋고 배경도 끝내주고."

"그럼 한번 가 봐요."

가까이 있는 줄 알았던 카렌 블릭센 박물관은 시내에서 꽤 멀리 떨어져 있었다. 택시를 타고 가면서 차창 밖을 내다보니 하늘을 찌를 듯이 높은 나무들이 늘어서 있었다. 우리나라 나무와 비교하면 이 나라의 나무는 그야말로 거인이었다. 울창한 나무와 꽃 그리고 선선한 바람, 나이로비는 내가 생각한 뜨거운 아프리카가 아니었다. 차를 타고 가면서도 누나는 쉴 새 없이 「아웃 오브 아프리카」 영화 이야기를 들려주었다.

카렌 블릭센 박물관은 박물관이라기보다는 기념관이라고 해야 옳을 것 같았다. 야트막한 석조 단층 건물과 깨끗하게 잘 정돈되어 있는 넓은 잔디밭, 흐드러지게 피어 있는 부겐빌레아와 포인세티아가 한 폭의 그림을 연출하였다. 박물관 안에는 카렌이 직접 썼다는 책들과 생전에 사용했던 가구와 집기들이 전시되어 있었다. 침실 바닥에 깔린 얼룩무늬 호랑이 가죽을 보니 먼 타국에 와서 생활했던 한 여인의 강인함을 엿볼 수 있었다.

"야, 실제 인물이 영화에 나왔던 메릴 스트립보다 더 예쁘다."

누나는 영화에서 본 장면을 확인하는 재미에 빠졌다.

"그런데 여기 와 보니 정말 아깝다. 카렌이 이 아름다운 곳에서 데니스와 결혼해 행복하게 살면 얼마나 좋았을까? 씨, 아름다운 사랑은 왜 영원하지 않는 거야! 아, 그래도 좋다. 이런 곳에서 살 수만 있다면 슬픈 사랑의 주인공이 되어도 행복할 것 같아."

누나가 눈을 지그시 감고 꿈꾸듯이 말했다. 만약 나하고 수회가 카렌과 데니스라면? 수회는 정말 이 집과 잘 어울릴 것 같다. 그 뽀얗고 하얀 볼과 스르르 흘러내린 까만 머리칼, 머리 위에는 타오르는 포인세티아를 꽂고. 그러나 난 데니스처럼 수회를 남겨 두고 혼자서 비행기를 타진 않을 것이다. 사랑하는 사람을 보내고 혼자 남는 것은 너무 슬픈 일이니까.

"누나, 나도 여자 친구가 있었거든요. 그런데 그 녀석도 먼저 가 버렸어요."

나도 모르게 불쑥 말이 튀어나왔다.

"정말? 어쩌다가?"

"그냥요."

"치, 말을 꺼내지 말든지. 그러고 보니 너, 단순 가출은 아닌 것 같고……."

"미안해요, 아직은……. 나중에 얘기해 줄게요."

정말이지 수회에 대해서는 아직 정리가 되지 않아서 어떤 말을 어디서부터 해야 할지 모르겠다. 수회는 퍽 이상한 아이였다. 어떤 때 보면 애가 너무 순수해서 맹한 것 같기도 하고, 또 어떤 때 보면 깜찍할 만큼 똘똘해서 깜짝 놀랄 때도 있었다. 어쨌든 수회와 사귀면서 가장 답답했던 점은 늘 겉도는 대화였다. 번번이 빗나가는 화살처럼 몇 시간을 이야기해도 늘 우리의 대화는 조잡하게 일상에서 맴돌았다. 그렇다고 만나서 이야기할 때 딱히 주제를 정하거나 요점 정리를 할 필요는 없지만. 그러나 어쨌든 돌아서면 허전했다. 지금 생각해 보니 나도 참 바보다. 하고 싶은 말은 그때그때 할 것을, 이렇게 시간이 지나고 나면 영영 못 할 수도 있는데……

"야, 너 지금 무슨 생각하니?"

"아니, 그저……"

"가만있어 봐. 에이, 아프리카 여행 책을 도둑맞았으니 알 수가 없네. 이 근처에 아프리카 민속 마을인 '보마스 오브 케냐'가 있다던데."

정말 못 말리는 누나다. 이 누나는 기어이 나를 끌고 아프리카 민속 마을로 갔다. 그곳은 입구에서부터 아프리카 부족들의 집이 드문드문 보였다. 모두가 작은 집이었다. 그 가운데에서도 마사이 부족이 사는 집은 소똥으로 만들어져서 흥미로웠다. 냄새가 고약하리라는 내 생각은 기우였다. 풀만 먹고 자란 소들이라 똥에서 풀 냄새가 났다. 숲 속을 조금 더 걸어가니 요란한 음악과 함께 민속 공연이 펼쳐지고 있었다. 여러 가지 색깔의 구슬로 장식한 무희들이 신나게 엉덩이를 흔들며 춤을 추고 있었다. 터질 것 같은 엉덩이와 검은 가슴 곡선이 햇빛을 받아 눈부셨다. 흑인들은 남자나 여자나 맨몸일 때 훨씬 더 아름다웠다. 원시적인 삶, 이들에겐 오히려 덧입혀진 문명이 거추장스럽게 보였다.

"『하얀 마사이』란 책을 읽었는데 그 책에 보면 스위스 백인 여자가 케냐로 여행 왔다가 마사이 남자한테 한눈에 반해 버렸대. 그래서 같이 온 남자 친구도 버리고 무작정 마사이 남자를 따라갔단다. 나도 이제 그 여자 마음 알 것 같다. 저 근육 좀 봐, 얼마나 섹시하냐? 그냥 이참에 나도 마사이 남자와 연애나 한 번…… 히히히."

누나도 이들의 아름다움에 반한 듯했다. 이곳저곳을 돌아다니다 보니 벌써 시간이 꽤 되었다. 나는 마음이 급해졌다.

"저, 빨리 킬리만자로에 가야 하는데……."

"그래, 그럼 우리 대사관 갔다가 곧바로 터미널로 가자. 그런데 야, 나 돈 좀 빌려주라. 꼭 갚을게. 친구한테 가면 집에다 연락해서 돈을 좀 부치라고 할 거야. 지금은 통장도 주소도 없잖아."

"좋아요. 많지는 않지만."

서울에서 달러를 넉넉하게 바꿔 두길 잘했다. 그동안 나는 돈에 대해서는 별로 느낌이 없었다. 엄마가 늘 말하는 '강경자 인생과 돈'의 함수 관계에 대해서는 한 번도 깊이 생각해 본 적이 없었다. 이렇게 집을 떠나 보니 돈이라는 게 영 우습게 볼 물건이 아닌 것 같다.

"성민아, 너 돈에 대한 이야기 아니? 돈은 원래 켈트 족 신화에 나오는 신의 이름이래. 돈의 자녀들은 빛의 세력인데 어둠의 세력인 리르의 자녀들과 지금도 끊임없이 싸우고 있다는 거야."

"그럼 돈이 빛의 신?"

"그렇대. 나도 그동안 돈에 대해서 잘 몰랐어. 우리 집이 큰 부자는 아니지만 엄마 아빠가 부지런히 벌어서 돈 걱정은 별로 안 하고 살았거든. 이번에 깨달은 건데 엄마 아빠한테 무지 감사한 거 있지. 어유, 그동안 엄마 아빠 속도 많이 썩혔는데……. 아, 엄마 아빠가 보고 싶다!"

하늘을 올려다보는 누나의 눈에 눈물이 찔끔 비쳤다. 나도 우리 강경자 여사를 떠올렸다. 정말 쓰러져서 응급실에 실려 간 건 아닌지 모르겠다.

우리는 택시를 타고 대사관에 들러서 누나의 임시 여권을 발급받았다. 제대로 된 여권은 나중에 한국에 가서 다시 만들라고 했다. 대사관을 나와서 곧바로 버스 터미널로 갔다. 터미널로 접어드는 도로에는 사람들과 자동차가 서로 엉겨서 어찌나 복잡한지 발 디딜 틈도 없었다. 그래도 우리를 태운 택시 기사는 조금씩 앞으로 뚫고 나갔다. 사람이 차를 밀고 나가는지 차가 사람을 밀고 나가는지, 택시 안에서 내다보니 아찔했다. 우리는 겨우 터미널 매표소 앞에서 내릴 수 있었다. 매표소는 더럽고 작은 가게였다.

"보이 가는 표 있어요?"

내가 묻자 문 앞에 서 있던 엉덩이가 쑥 빠져나온 남자가 우리를 보고 킬킬대며 말했다.

"저 건너편으로 가 봐요."

"알았어요, 오리 궁둥이."

영아 누나도 남자를 쳐다보고 실실 웃으며 한마디 했다.

길 양쪽을 살펴보니 매표소가 몇 군데 더 있었다. 문제는 홍수처럼 밀려다니는 인파를 헤치는 일이었다. 이곳은 벼룩시장이나 덤핑 시장 같은 곳인지, 그 좁은 곳에 보자기를 깔아 놓고 그 위에다 티셔츠나 청바지 같은 구제품을 벌여 놓고 팔고 있었다. 사람들이 빽빽이 둘러서서 옷을 고르고 흥정을 하느라 온통 북새통이었다. 사람들 틈바구니를 헤치고 다니려니 고약한 냄새 때문에 미칠 지경이었다. 금방이라도 속에 있는 것들이 목구멍까지 치받쳐 올라와 분수처럼 뿜어 나올 것 같았다.

서너 군데를 더 헤맨 끝에 간신히 표를 구해 버스에 오를 수 있었다. 버스 안에서 검은 사람들이 옆을 스치면 은근히 겁이 났다. 모두가 도둑놈처럼 보였기 때문이다. 소변이 보고 싶었지만 버스가 곧 떠날 것 같아서 참았다. 그런데 버스가 출발할 때 어떤 사람이 화장실에 간다고 했다. 운전사는 말없이 차를 세웠다. 나도 얼른 따라 내렸다. 급히 볼일을 보고 뛰어오니, 아뿔싸! 차가 보이지 않았다.

"빠-앙!"

경적 소리에 고개를 돌리니 버스는 저만치 길모퉁이에 서 있고, 버스 안에 있던 사람들은 허둥지둥 뛰어오는 내 꼴이 우습다고 깔깔거렸다. 참 나, 타국에 오니 생리적인 배출도 쉬운 일이 아니다. 그래도 이 정도는 괜찮다. 언젠가 유럽에 갔을 때 볼일은 급한데 동전을 미처 준비하지 못해 화장실 앞에서 쩔쩔매던 기억이 난다. 길가에 있는 화장실 사용료까지 받아 챙기던 치사한 인간들! 나는 그 뒤로 우리나라 화장실에 외국인들이 그냥 들어가면 은근히 약이 오른다.

우리는 맨 뒤에서 세 번째 자리에 앉았다.

"웩, 냄새……."

영아 누나가 코를 틀어쥐었다. 버스에서도 속이 뒤틀릴 만큼 냄새가 지독했다.

"이 인간들은 평생 씻지도 않고 사나 봐."

영아 누나가 얼굴을 찡그리며 말했다. 그 모습을 보고 옆에 앉은 사람이 웃었다.

"야, 너희들 안 씻고 살지?"

영아 누나가 장난스럽게 우리말로 묻자 그 남자는 무슨 말인지도 모르면서 누런 이를 드러내고 웃었다.

"야, 너희들 더럽다고. 똥 냄새 난다고."

"뭐라고?"

"알았어, 오케이."

영아 누나가 쿡쿡 웃으며 손짓을 하자 그 남자가 또 웃었다.

나는 뒤집히는 속을 진정시키느라 진땀이 났다. 냄새 때문에 죽을 수도 있겠다는 생각이 들었다. 차 안이나 창밖이나 눈길이 닿는 곳마다 지저분하고 더러운 것밖에 없었다. 길옆으로 게딱지처럼 붙어 있는 집들과 휘날리는 쓰레기들, 너덜거리는 옷을 입은 맨발의 아이들과 허공을 보고 앉아 있는 어른들, 그들의 땟국에 절은 모습은 처절했다. 차라리 길거리에서 쓰레기를 뒤지는 당나귀들이 사람보다 더 여유 있어 보였다. 이건 사람이 사는 세상이 아니다.

'저렇게라도 살아야 하나?'

나는 갑자기 삶에 대한 회의가 느껴졌다.

"성민아, 아프리카는 참 아름다운 곳이야. 원시가 살아 숨 쉬는 곳이거든. 난 아프리카가 좋아. 아프리카에 가면 씩씩하게 잘 살 수 있을 것 같아. 그곳에서 살 때가 가장 자유롭고 평화로웠어."

도대체 수회가 아프리카에서 누렸다는 자유와 평화라는 게 뭔지 이해할 수가 없었다. 먹을 것이 없어서 도둑질이나 하는 가난하고 더러운 인간들이 진정 자유와 평화에 대해서 알고 있기나 한 것인지? 수회, 네 말은 틀렸어. 이건 정말 아니다!

# 7
## 여유로운 한마디, 폴레폴레

    버스가 덜커덩거리며 달렸다. 분명히 포장을 한 도로 같은데 곳곳이 파여서 조금만 속도를 내도 차체가 마구 날뛰었다. 나이로비를 벗어나자 그 높고 푸르던 나무들은 보이지 않고 드넓은 평원이 펼쳐졌다. 넓은 평원에는 푸른 풀 한 포기 보이지 않고 앙상한 나무들만 군데군데 서 있었다. 나무들 사이로 작은 언덕만큼이나 높이 솟아오른 흰개미 집들이 보였다. 정말 황량하기 그지없었다.

    "야, 그 가방에 꿀단지가 들었냐? 내려놓고 앉아."

    누나가 내 무릎에 놓인 가방을 잡아당겼다.

    "안 돼요."

    나도 모르게 소리쳤다. 누나가 당황한 표정으로 멈칫했다. 내가 만약 가방에 든 수회를 이야기한다면, 이 누나는 나를 미친놈 취급할지도 모른다. 그러고 보니 내 마음속에서 수회의 유골에 대한 두려움이 조금씩 사라지는 것 같다. 이렇게 무릎에 올려놓고도 떨리지 않으니까.

버스 안이 몹시 덥다. 나는 짧은 팔을 입고도 땀이 흐르는데 이 나라 사람들은 추워서 몸을 움츠리고 있다. 바로 뒤쪽에 앉은 남자는 무스탕까지 입었다. 하긴, 여긴 지금 겨울이라니까. 속이 계속 울렁거려서 미칠 것 같다. 겨우 진정하고 잠깐 잠이 들었는가 싶은데 누나가 어깨를 흔들었다.

"어떡하지? 나 화장실 가고 싶은데."

"어, 그럼 차를 좀 세워 달라고 할까요?"

"차를 세워도 이런 벌판에서 어떡해?"

누나는 울상이 되어 볼멘소리를 했다.

"그래도 급한데 어떡해요?"

결국 누나가 용감하게 앞으로 나갔다. 누나를 따라 통로를 다 메울 만큼 엉덩이가 큰 여자가 일어섰다. 그러자 여기저기에서 사람들이 줄줄이 일어섰다. 이들도 다 볼일이 급한 모양이었다. 드디어 차가 멈추었다. 차창으로 내다보니 다른 사람들은 버스 가까이에서 볼일을 보는데 누나는 저 멀리 있는 나무 둥치 뒤로 뛰어가고 있었다. 차 안에 있던 사람들이 창문 밖으로 고개를 내밀고는 누나를 바라보았다. 저들의 눈에는 동양에서 온 뽀얗고 자그마한 여자가 신기하게 보이는 모양이었다.

나도 일어나 밖으로 나갔다. 속을 진정해 보려고 가슴을 펴고 심호흡을 했다. 속이 콱 막힌 것처럼 답답했다. 목을 빼고 웩웩 거려 보아도 소용없었다. 할 수만 있다면 역겨운 속을 홀라당 까 뒤집어서 물로 씻었으면 좋겠다. 사람들이 자리로 돌아와 앉았 지만 멀리까지 뛰어간 누나가 가장 늦었다. 누나가 헐레벌떡 뛰 어오자 사람들은 손가락으로 가리키며 웃었다.

나이로비를 떠난 지 서너 시간이 지나자 창밖으로 이상한 모 양이 보이기 시작했다. 아스라한 먼 지평선에 넓고 푸른 언덕이 수채화 물감으로 칠해 놓은 것처럼 나타났다.

"어, 저게 뭐예요?"

"야, 저건 신기루야. 끝없는 지평선이 푸른 언덕으로 보이는. 분명히 친구가 보낸 편지에 그렇게 쓰여 있었어. 야, 말로만 듣 던 신기루다!"

케냐의 하늘은 넓게 펼쳐진 지평선과 맞닿아 있었다. 이 광활 하고 붉은 대지를 달리며 바라보는 푸른 신기루는 그야말로 환 상이었다.

"저기 봐라. 얼룩말이다."

누나가 가리키는 곳으로 고개를 돌렸다. 얼룩말 여섯 마리가 터질 듯한 엉덩이를 일렁거리며 마른 가시나무 줄기를 뜯고 있 었다.

"사파리가 따로 없구먼. 저기 봐. 기린이다."

정말 어미 기린과 새끼 기린이 긴 목을 세우고 유유히 걸어가

고 있었다. 씻어 말린 듯한 하얀 구름 사이로 비치는 파란 하늘
과 물빛 지평선. 그 사이 붉은 땅에서 노니는 얼룩말과 기린. 정
말 아름다웠다.

수회도 얼룩말을 좋아했다.

"난 다시 태어난다면 얼룩말로 태어날 거야. 흑백의 세련된
컬러와 관능적인 엉덩이 그리고 크고 선한 눈빛……. 얼룩말이
달리는 모습을 보면 자유라는 말이 자꾸 생각나."

"알았어. 넌 아프리카에 가서 얼룩말하고 살 테니까 얼룩말로
태어나든 뭐든 상관없잖아. 난 다시 안 태어날 거야. 동물이든
인간이든 태어나면 살아 내야 하니까. 하지만 어쩔 수 없이 다시
태어나야 한다면, 그래도 인간으로 태어날 거다. 동물보다는 인
간이 더 낫잖아."

"치, 낫긴 뭐가 나아? 사람한테 휘날리는 사자의 갈기와 용맹
이 있니, 독수리처럼 멀리 볼 수 있는 눈이 있니? 개보다도 못해.
개도 인간보다 오십 배나 더 발달한 후각이 있다고. 그렇게 보면
인간에게 약삭빠른 두뇌가 없었다면 벌써 멸종됐을걸."

엄마는 수회의 지독한 동물 사랑을 성장 배경 때문이라고 분
석했다.

"수회 걔가 그렇게 동물을 좋아하는 건 어릴 때부터 자라 온
환경 탓이야. 그동안 한국에서도 살았지만 한국에서야 공부밖
에 더 하니. 아프리카는 동물의 왕국이잖아. 그러니 그곳에서 늘

동물들과 어울려 살았겠지. 수회 걔, 마치 늑대 소녀처럼 원시적인 생활에 빠져 있는 것 좀 봐. 그래서 사람은 성장 배경이 중요한 거야."

나는 엄마가 수회와 늑대 소녀를 비교하는 것이 싫었다. 네발로 걷고 뛰었다는 늑대 소녀는 아프리카가 아닌 인도에서 발견되었고, 무엇보다도 발견된 뒤 구 년밖에 더 살지 못했다는 사실이 마음에 걸렸기 때문이다.

"야, 킬리만자로다!"

가도 가도 끝이 없을 것 같은 붉은 평원을 얼마나 달렸을까? 누나가 지르는 탄성에 정신을 차려 보니 정말 우뚝 솟은 킬리만자로가 보였다. 인터넷으로 봤던 사진과 눈앞에 우뚝 솟아 있는 산의 모습이 똑같았다.

"우리는 운이 좋은 거야. 킬리만자로는 늘 안개에 싸여 있기 때문에 일 년에 몇 번밖에 모습을 드러내지 않는대."

나는 가슴이 벅차올랐다. 수회야, 저길 봐. 킬리만자로가 너를 기다리고 있었던 거야!

수회가 하던 말이 또다시 떠올랐다.

"성민아, 사람은 누구나 똑같이 엄마 배 속에서 태어나. 그러나 죽을 때는 자기가 선택한 장소에서 죽을 수 있어야 한다고 생각해. 난 킬리만자로에 가서 죽을 거야. 만년설에 누워 영원히 살고 있는 표범처럼 그렇게……"

"야, 꿈 깨라. 그건 소설 속 이야기고. 쭈그렁 할멈이 되어서 킬리만자로에 어떻게 올라가니, 가다가 죽겠다."

"걱정 마셔. 쭈그렁 할멈이 되기 전에 일찌감치 올라가서 죽어 줄 테니까."

장난 삼아 호호대며 했던 말이 씨가 되었다. 수회 넌, 정말 나쁜 녀석이다. 자기 혼자서 오를 자신이 없으니까 이렇게 날 이용했어.

'미안해, 성민아.'

수회가 옆에서 빙그레 웃는 것 같았다.

버스가 멈추었다. 간이 정류장인 모양이었다. 서너 명의 청년들이 마사이족과 기린 모양을 한 목각 인형을 사라고 옆에서 치근덕거렸지만 속이 울렁거려서 쳐다보기도 싫었다. 누나가 가게에 들어가 먹을거리를 사 왔다.

"야, 이거 이름이 사모사래. 꼭 우리나라 고기만두 같지 않니? 그런데 만두보다 더 맛있다."

누나가 건네주는 레모네이드를 한 모금 삼키자 이때껏 막혀 있던 속이 확 뒤집혔다. 속에 있던 게 시큼한 냄새를 풍기며 마구 쏟아져 나왔다. 창자가 위로 솟구치고 눈알이 뒤집히는 것 같았다.

"야, 괜찮아? 어떡해."

내 등을 두드리며 발을 동동 구르는 누나의 소리에 대답도 못하고 한참을 꺽꺽대다가 일어나니 하늘이 빙빙 돌면서 맥이 탁 풀렸다. 누나가 물을 한 병 사 왔다. 입을 헹구고 나니 좀 살 것 같았다. 어느새 사람들이 주위에 빙 둘러서서 근심 어린 표정으로 나를 보고 있었다.

'역시 이곳도 사람 사는 곳이구나!'

콧등이 찡해지면서 낯설게 보이던 사람들이 친근하게 느껴졌다. 가게 앞 나무 평상에 잠깐 몸을 뉘었다. 이대로 땅속으로 폭 빨려 들어가 버리고 싶다. 그러나 나는 다시 일어나 가야만 한다.

버스가 떠날 시간이 꽤 지났는데도 재촉하는 사람이 없었다. 모두들 묵묵히 앉아서 측은한 눈길로 내가 기운을 차릴 때까지 기다리는 모양이었다. 나는 계면쩍은 얼굴로 비칠거리며 버스로 다가갔다.

"폴레폴레(천천히)."

운전기사가 잔잔한 목소리로 싱긋 웃으며 말했다. 아, 이 얼마나 여유로운 한마디인가! 뭔가 가슴속이 '싸아'해지면서 기분이 좋아졌다. 나는 머리를 끄덕이고는 차에 올랐다. 그제야 사람들이 하나 둘 차에 오르기 시작했다. 누나도 힘든지 눈꺼풀이 푹 꺼져 보였다.

"나쁜 놈!"

"어, 너 지금 뭐라고 했어?"

"누나를 울린 그 남자가 나쁘다고요!"

"왜?"

"그냥."

"생뚱맞기는……. 그럼, 나쁜 놈이지. 그런 놈 때문에 아프리카까지 도망쳐 온 나도 미친년이고."

누나가 힘없이 웃었다.

"자, 내 어깨에 기대서 좀 자요."

"너도 힘들면서. 그러고 보니 우리 어느새 눈물겨운 동지가 됐네. 그렇지?"

누나가 내 어깨에 살그머니 머리를 기대며 눈을 감았다. 가만히 보니 영아 누나의 뽀얀 얼굴과 가녀린 목이 수회와 많이 닮았다. 어쩐지 이 누나가 은근히 좋아지더라니…….


무려 여섯 시간의 긴 장정을 마치고 누나의 친구가 발런티어로 있다는 보이에 도착했다. 버스에서 내리니 이미 해가 져서 주위가 캄캄했다. 또다시 낯선 곳에서 하룻밤을 보낸다는 생각에 마음이 착잡해졌다. 집을 떠난 뒤부터 밤이 되면 나도 모르게 마음이 이상해진다. '청산별곡'을 지은 사람도 내 마음과 같았던 모양이다.


## 이링공 뎌링공 ᄒᆞ야 나즈란 디내와손뎌

오리도 가리도 업슨 바므란 또 엇디 호리라

얄리 얄리 얄라셩 얄라리 얄라


　나도 이 작가와 같이 낮에는 별 감정 없이 이리저리 잘 지낸
다. 그러나 밤이 되면 뭔가 가슴이 싸르르 하고 허전하고 외롭고
누군가가 자꾸 그리워진다. 왜 그럴까?

　보이는 작은 마을이었다.

　"우리가 오늘 오는 줄 모르고 있으니 친구가 저녁 준비를 안
했을 거야. 우리 여기서 뭘 좀 먹자. 너 속이 텅 비었잖아."

　누나가 주위를 두리번거리더니 버스 정류장 옆에 있는 식당
으로 내 손을 이끌었다. 다행히 고기와 야채를 넣고 끓인 걸쭉한
수프와 밥이 있었다. 그런대로 먹을 만했다.

　"우팬도(사랑) 학교가 멀리 있나요?"

　누나가 주인아주머니에게 묻자, 아주머니가 밖에 앉아 있는
늙수그레한 노인을 가리켰다.

　누나가 노인에게 다가가 물었다.

　"할아버지, 한국에서 온 김하나를 아세요?"

　"아, 우팬도 학교 선생님?"

　"네. 그 친구가 머물고 있는 집으로 데려다주세요."

　누나가 노인에게 길 안내를 부탁하며 돈을 주었다.

　"그러지."

입을 헤벌쭉 벌리고 돈을 받아 든 노인이 따라오라고 손짓을
했다. 가로등도 없는 어둡고 꼬불꼬불한 길을 한참 동안 걸었다.
이따금 길옆에 붙어 있는 작은 집에서 불빛이 새어 나왔지만 사
방을 분간할 수가 없었다. 설사 저 앞에서 걸어가는 노인이 우리
를 죽음의 골짜기로 끌고 간다 해도 어쩔 수 없을 것 같았다. 한
참을 더 걸어서 불빛이 새어 나오는 작은 집 앞에 이르렀다. 노
인이 방문 앞에서 문을 두드렸다.

"은고자(기다려요)."

방 안에서 아이의 목소리가 들리더니, 잠시 뒤 예닐곱 살 된
남자아이가 고개를 내밀었다.

"여기가 김하나……?"

아이가 무표정한 눈빛으로 두꺼운 입술을 쑥 내밀며 들어오
라고 손짓을 했다. 노인에게 고맙다는 인사를 하고 누나가 안으
로 들어갔다. 나는 그대로 서서 열린 문으로 안을 들여다보았다.
모기장이 둘러쳐진 작은 침대에 긴 머리를 늘어뜨린 여자가 누
워 있었다.

"야, 김하나. 나야, 나. 영아. 너, 어디 아프니?"

누나가 침대에 누워 있는 여자를 흔들며 울먹이는 소리를 했
다. 나도 방으로 들어갔다. 누나의 친구가 눈을 멀거니 치뜨며
희미하게 웃었다.

"영아야, 어서 와. 힘들었지?"

여자의 목소리에 힘이 하나도 없었다.

"하나야, 어디가 아픈 거야, 응?"

"괜찮아. 열이 좀 나서."

"그럼 빨리 병원에 가 봐야지."

"응, 곧 선교사님이 오실 거야."

말이 채 끝나기도 전에 자동차 소리가 나더니 수염이 텁수룩한 사십 대 남자와 얼굴이 갸름하고 키가 큰 부인이 차에서 내렸다.

"음충가지(선교사님). 하바리야꼬(안녕하세요)?"

남자애가 그들을 반기며 아프리카 말로 인사를 했다.

"테오, 은주리(좋아요)."

선교사 부부도 아프리카 말로 인사를 했다.

"우리 김 선생이 아프다고? 어, 손님들이 와 있었네."

"한국 분들이시네요. 안녕하세요? 저는 하나 친구인데 지금 막 도착했어요. 하나가 많이 아파요."

"먼 길 오느라 수고하셨네요."

싱긋 웃으며 방으로 들어오는 선교사 부부의 인상이 참 좋아 보였다.

선교사가 누나 친구를 살펴보더니 다급하게 말했다.

"열이 심하네. 말라리아야. 빨리 병원에 갑시다."

선교사는 누나 친구의 등을 뒤에서 안아 일으켰다. 영아 누나와 나도 하나 누나를 부축하여 선교사가 몰고 온 차에 태우고 그 옆에 올라탔다. 한 십여 분쯤 달리자 병원이 보였다. 병원 마당에 들어서자 자동차 불빛에 소와 닭, 당나귀가 보였다. 병원 마당에 짐승이 어슬렁거리는 것을 보니 병원 위생 상태가 걱정되었다.

응급실에 들어서니 간호사가 큰 입술을 쑥 내밀며 멀뚱멀뚱 쳐다보았다. 선교사가 간호사에게 아프리카 말로 뭐라고 하자 간호사가 손가락으로 빈 침대를 가리켰다. 응급실의 긴장과 긴박감이 도무지 느껴지지 않았다. 칸막이도 없이 넓은 교실 같은 곳에 환자들이 줄지어 누워 있는 것을 보니 응급실과 병실이 하나인 모양이었다. 환자복도 없는지 환자복을 입은 사람은 아무도 없었다.

간호사가 하나 누나의 왼손 약지를 주삿바늘로 찔러 유리판에 핏방울을 묻혀서 나갔다. 그러나 한참을 기다려도 감감무소식. 간호사도 의사도 나타나지 않았다. 환자는 얼굴이 홍시처럼 붉어져서 계속 신음을 했다. 열이 어찌나 심하게 나는지 옆에 있는 사람에게도 그 열기가 느껴졌다.

"도대체 의사는 왜 안 오는 거죠?"

"기다려요, 천천히!"

"열이 심한데 어떡해요."

"여긴 한국하고 달라요. 폴레폴레죠. 천천히, 천천히……."

선교사의 대답에 영아 누나는 기가 막힌다는 듯 한숨을 내쉬더니 입술을 꼬옥 깨물었다. 말라리아. 말로만 듣던 열병 말라리아. 이국땅에 와서 저렇게 말라리아로 고통 받고 있는 누나 친구를 보니 마음이 아팠다. 병실 전등 불빛 밑으로 벌레들이 날아들고 있었다. 가장 위생적이어야 할 병원이 그야말로 불결함의 극치를 보여 주고 있었다. 선교사 부인이 물수건을 구해 와서 환자의 몸을 닦아 주었다. 영아 누나의 두 눈에 눈물이 그렁그렁했다.

"병원이 뭐 이래? 병을 고치는 게 아니라 도리어 병이 옮겠다."

영아 누나가 날아다니는 벌레를 신경질적으로 쫓자, 옆에 있던 환자들과 보호자들이 웃었다. 이 나라 사람들은 때와 장소를 가리지 않고 시도 때도 없이 잘도 웃는다.

한 시간은 지났을 거다. 드디어 청진기를 목에 건 의사가 나타났다. 청진기를 목에 걸었으니 의사인 줄 알았지, 의사 가운도 입지 않았다. 의사는 환자의 눈을 벌려 보고 입속을 들여다보았다. 그리고 주머니에서 체온계를 꺼내더니 손으로 쓱쓱 닦아서 환자의 입속으로 밀어 넣었다.

"진짜 짜증 나. 난 하나가 이런 줄도 모르고……."

영아 누나의 눈에서 기어이 눈물방울이 떨어졌다. 그 모습을 보고 의사가 씩 웃으며 말했다.

"하쿠나 마타나(문제없어요)!"

"의사 선생님이 걱정하지 말랍니다. 하쿠나 마타타."

선교사가 영아 누나의 등을 두드리며 말했다. 의사가 환자에게 주사를 놔 주고 약을 주었다.

"자, 이제 집으로 갑시다."

"아니, 열이 내리지도 않았는데 어떻게 집에 가요. 병원에 있어야 돼요."

영아 누나의 말에 선교사가 환자의 이마를 손으로 짚어 보며 말했다.

"여기 사람들은 자주 말라리아에 걸리니까 이 정도로는 입원이 안 돼요. 우리 집으로 갑시다."

선교사 부인이 말했다.

"그래요, 오늘 저녁은 모두 우리 집에 가도록 해요. 하나 선생을 돌봐야지요."

영아 누나가 피곤한 표정을 감추지 못하고 말했다.

"고맙습니다. 저희는 정신이 하나도 없어서……."

선교사의 집은 낡고 허름했다. 선교사의 집으로 들어서는데 문득 재성이네 집이 생각났다. 내가 처음 재성이네 집에 갔을 때 이런 데서도 사람이 산다는 게 믿어지지 않았다. 동굴처럼 컴컴한 지하 방, 이런 곳도 있었구나!

"왜, 문화 충격이냐? 아님, 문명의 충돌?"

선뜻 발을 들여놓지 못하고 문 앞에 우두커니 서 있는 나를 보고 재성이가 빈정댔다.

"야, 나도 대한민국 사람이다!"

무안함을 감추려다 엉겁결에 튀어나온 말이었다. 그 뒤로는 재성이네 집에 자주 갔지만 그 지하 방은 언제나 무질서와 혼돈 상태였다. 지상으로 나 있는 창문짝만큼 햇살이 들어오는 어둑한 방 안은 고물 같은 세간들이 켜켜이 쌓여 있고, 그 사이로 벗어 던진 옷가지며 자잘한 물건들이 나뒹굴었다. 재성이의 여동생 재은이가 악을 빡빡 쓰며 집안일을 하는 것을 보면 재성이 어머니는 집안일에 손도 못 대는 듯했다. 그러나 차츰 재성이네 집에 적응되었다. 그 눅눅하고 너저분한 공간에서 재성이와 이마를 맞대고 라면을 끓여 먹고, 야동을 보며 킬킬대고 있노라면 왠지 모르게 심장이 쿵쿵 뛰었다. 그 누구의 간섭도 받지 않는 곳, 재성이네 집은 완벽하게 자유로운 동굴이었다. 나는 재성이를 떠올리며 다시 한 번 입속으로 나지막하게 되뇌어 보았다.

"나도 대한민국 사람이다!"

선교사 부인이 내온 차와 과일을 먹은 뒤, 선교사가 나를 자그마한 다락방으로 안내했다. 방에는 작은 침대와 장난감 바구니 한 개가 달랑 놓여 있고, 침대 위에는 모기장이 천장에서부터 길게 늘어져 있었다. 선교사가 모기장 끝을 매트리스 밑으로 꼭꼭 여미며 말했다.

"오늘 밤 모기들에게 헌혈하지 않으려면 조심해야 돼. 모기들이 얼마나 지독한지 모기장에 딱 달라붙어서 주둥이를 들이밀고 피를 빨거든. 그놈들이 말라리아를 옮기는 주범이야."

"선교사님, 오늘 밤 그 누나 괜찮을까요?"

"주사를 맞았으니 열이 좀 내리겠지. 우리 식구들도 가끔 말라리아에 걸리는데 꼭 지독한 몸살감기에 걸린 것처럼 아파. 어찌나 열이 나는지 입안이 다 헤지고 사시나무처럼 몸이 떨려서 밥숟가락도 못 들어. 이곳 원주민들도 말라리아로 숱하게 죽지. 그런데 자네는 무슨 일로 이곳까지 온 건가? 여행?"

선교사가 짧은 내 머리를 보며 물었다.

"아, 예. 그냥……."

"알았네. 푹 쉬어."

난처해하는 내 표정을 읽었는지 더 묻지 않고 문을 닫고 나갔다. 나는 한참 동안 낯선 방 안 모기장 속에 우두커니 앉아 있었다. 머릿속이 복잡했다. 어쨌든 이제 여기까지 왔으니 목적지에 가까이 온 셈이다. 서둘러 킬리만자로에 가면 된다.

"수회야, 이제 킬리만자로에 오르기만 하면 돼. 조금만 더 참아."


수회가 죽음에 대해 처음으로 이야기했을 때가 지난해 어느 가을밤이었을 거다.

성민아, 지금 좀 나올래?

수회한테서 문자가 왔다. 나는 발소리를 죽이며 대문을 나갔다. 골목길 가로등 밑에 수회가 서 있었다.

"성민아, 나 어쩌면 좋아. 이번 시험 성적 때문에 아빠가 무지 화났어. 아빠, 저렇게 무서운 모습은 처음 봐. 애들 갖다 버리라고 난리야. 엄마가 고자질을 한 모양이야. 내가 애들만 들여다보느라 공부에 소홀하다고. 성민아, 우리 애들 불쌍해서 어떡해? 나 그 애들하고 떨어져서는 못 살아. 만약 그 애들 버리면 난 죽어 버릴 거야."

"죽긴 왜 죽어. 버리면 나중에 다시 사 오면 되지."

"야, 넌, 무슨 말을 그렇게 하니!"

수회가 토라지며 쏘아붙였다.

"아, 미안 미안!"

"난, 그 애들을 절대 버릴 수 없어. 언젠가 내가 우리 친엄마에 대해서 이야기했지? 아프리카에서 엄마가 돌아가신 뒤에 난 충격으로 실어증에 걸렸어. 말을 하고 싶은데 말이 잘 안 나오는 거야. 그때 우리 집에서 일하던 마리오가 고양이 한 마리를 갖다 줬어. 처음엔 그 고양이가 정말 싫었어. 그런데 갈수록 고양이한테 정이 드는 거야. 고양이와 자꾸 말을 하다 보니 어느 날부터 다시 목소리가 나오더라. 그때부터 동물을 좋아하게 됐고. 그 애들을 보면 난 행복해. 그런데 공부 때문에 쟤들을 갖다 버리라니……."

"그럼, 버리지 말고 애완동물 가게에 맡겨 두면 어때? 대학에 합격한 뒤에 다시 찾아오면 되잖아."

"안 돼. 우리 애들이 나를 다 알고 있어. 낯선 곳에 데려다 놓으면 스트레스 받아서 금방 죽을 거야."

"그럼 어떻게 해?"

수회가 입술을 꼭 깨물며 말했다.

"아빠 엄마가 내 마음도 모르고 자꾸 공부, 공부, 하면 난 정말 죽어 버릴 거야."

그리고 얼마 뒤, 엄마로부터 수회가 신경정신과 치료를 받는다는 소식을 들었다.

"정말 남의 자식 키우기가 어려운 거야. 숙희가 수회 때문에 아주 맘고생을 많이 하더라. 어린 계집애가 불면증이 뭐야, 불면증이……. 글쎄, 밤에도 잠을 안 자고, 방에 들어가 보면 그 징그러운 것들과 뭐라고 지껄이고 있대요. 신경정신과 의사가 우울증 증상에서 오는 불면증이라고 하더래. 밤을 새우니 아침이 되면 정신 모르게 늘어져 자고……. 그러니까 진작 그것들을 버렸어야지. 무슨 애가 뱀을 가지고 놀아. 정말 미쳤지, 미쳤어. 쯧쯧쯧."

그 뒤로, 등굣길에서 정말 수회를 볼 수 없었다. 우리 둘이 좋아하게 되면서 특별한 일이 없는 한 같이 학교에 갔었다. 핸드폰도 받지 않고, 문자를 보내도 답장이 없었다.

어느 날 아침, 용기를 내어 수회네 집 초인종을 눌렀다.

"성민아, 어떡하니? 수회가 아직 자고 있어. 미안하지만 네가 좀 들어와서 깨워 볼래?"

수회 엄마가 울상을 지었다.

수회는 잠자는 숲 속의 공주처럼 침대에 모로 누워 깊이 잠들어 있었다.

"수회야, 일어나. 야, 진수회! 학교 가자."

내가 흔들어 깨우자 수회는 얼굴을 찡그리고 돌아누웠다. 수회는 날마다 지각을 했고 어떤 날은 아예 결석을 했다. 아이들은 점점 수회를 이상한 눈길로 보면서 멀리하기 시작했고 선생님들도 수회를 대할 때 어떤 부담을 느끼는 것 같았다. 수회에 대한 이상한 소문이 부풀려져서 심심풀이 껌 딱지로 돌아다녔다.

"야, 진수회가 아프리카에서 원시 부족의 주술을 배워 오셨댄다. 수회의 초록 주머니에서 신비로운 서기가 뻗친다나 뭐라나. 하여튼 애들, 말 만드는 천재들이라니까. 신경 쓰지 마."

재성이도 떠다니는 수회의 소식을 들었는지 씁쓸하게 웃었다. 급기야는 반 단체톡에 수회의 초록 주머니에 대한 비방 글이 나타나기도 했다. 완전 마녀 사냥이었다. 그래도 수회는 학교에 오면 비몽사몽인지라 소문에 대해서 항변하지 못했다. 그렇다고 내가 나서서 아이들을 붙잡고 일일이 설명할 수도 없는 노릇이었다.

수회가 불면증에 시달리게 되면서 우리 엄마의 감시는 더욱 심해졌다. 담임과 담합을 하고도 모자라 학교가 끝나면 밀착 감시를 했다. 어떤 때는 아예 과외 받는 집 문 앞에 차를 세워 놓고 잠복을 했다. 수회를 만날 틈을 주지 않으려는 엄마의 술수였다.

그런데 일은 생각지도 않은 데서 터졌다. 바로 세계사 시간이었다.

"야, 윤성민. 4반 진수회, 왜 그러냐?"

게이 선생님이었다. 정말 게이인지는 모르지만 어쨌든 이름이 김계인이어서 아이들이 게이라고 부르는 선생님이 불룩한 두 볼에 바람을 넣은 채, 빙글거리며 나를 바라보았다. 몹시 황당했지만 어금니를 꽉 깨물며 참았다. 그런데 수업 끝날 무렵에 또 박 터지는 소리를 해 댔다.

"너희들 딴생각 말고 열나게 공부해라. 남북 철도 깔리면 유럽 가서 공부할 거라고 괜히 나대지 말고. 바깥으로 잘못 나돌다가 어정쩡하게 물들면 어중이떠중이 된다. 참, 진수회 개도 외국에서 공부하다가 들어와서 적응에 문제가 있……."

"아이 씨!"

나도 모르게 짜증이 팍, 치밭혔다.

"어, 이 녀석 봐라!"

106

선생님이 다가와 내 머리를 손바닥으로 툭툭 건드렸다. 완전 뚜껑이 열릴 것 같았다.

"야, 윤성민. 헌법에도 보장되어 있는 선생의 자유로운 수업권을 네가 방해했다. 그러면 되겠냐, 안 되겠냐, 응?"

선생님의 손이 계속 움직였다. 쓰다듬는 것도 아니고 때리는 것도 아닌.

"씨, 무슨 문제가 있다고……."

나는 울분에 차서 손을 탁 치고 그대로 교실을 나와 버렸다.

"야, 너. 거기 서. 야!"

선생님의 고함이 힘껏 닫은 문소리에 끊겼다. 수업권을 지키려면 수업이나 열심히 하지 왜 수회를 문제아로 몰아가냐고? 화를 이기지 못하고 씩씩대며 그대로 운동장을 가로질러 교문을 나와 버렸다. 그날따라 교문 지킴이도 자리를 비웠는지 밖으로 나가는 나를 잡지 않았다.

며칠 동안 나는 방에 틀어박혀 폐인으로 살았다. 학교에서는 무단이탈한 죄를 물어서 정학 처리를 한다고 협박을 했다. 그래, 자르고 싶으면 잘라라. 그러나 엄마의 애끓는 눈물 작전 때문에 교장 선생님의 간결한 훈화를 들은 뒤 용서함을 받았다. 내가 용서받은 이유는 게이의 적절하지 못했던 발언과 나 윤성민이 평소에 모범 학생이었다는 점, 무엇보다 그동안 성적이 꾸준히 올랐기 때문에 좋은 대학에 갈 가능성이 있다는 점 때문이었다.

"아들, 힘내! 괜히 기죽지 마. 엄마가 이번에 아들을 위해 학교 발전 기금, 얼마나 냈는지 아니? 그래도 정학이 아니고 벌점 처리 됐으니 다행이지, 뭐."

엄마는 수회 때문에 일어난 일인지 알면서도 그것에 대한 일은 입도 뻥긋하지 않았다. 아예 수회라는 존재를 입에 올리지 않음으로써 무시하고 있다는 무언의 암시 같았다. 내가 교실에 들어서자 재성이가 활짝 웃으며 반겼다.

"야, 돌아왔네."

"그럼 돌아왔지. 어떠냐? 부르주아의 위력이."

"그래, 축하한다. 하지만 인간 종류에 따라 부르주아의 위력이 맥을 못 출 수도 있다는 것을 기억해라."

녀석은 끝내 그 파쇼적 발상을 굽히지 않았다.

그 사건 이후로, 수회를 씹던 아이들은 나까지 세트로 몰아서 씹어 댔다. 그러나 내가 아이들에게 씹히는 것보다 더 마음 아픈 것은, 수회를 위해 아무것도 해 줄 수 없다는 것이었다.

긴 겨울이 가고 새봄이 왔다. 2학년이 되면서 모두들 입시 준비에 더욱 열을 올렸지만 수회 때문에 고민이 많은 나는 성적이 미끄럼을 탔다. 엄마의 조바심이 애원으로 바뀌었지만 나는 모든 게 시들할 뿐이었다.

그런데 신기한 일이 벌어졌다.

눈길 닿은 곳마다 형광색 철쭉 꽃잎이 촌스럽게 만발한, 늦은

봄 어느 날부터 수회의 마법이 풀렸다. 수회가 생기를 되찾고 학교에 나타났다.

"성민아, 안녕!"

눈동자가 똘망거렸다. 나를 보고 생글생글 웃기도 했다. 어쨌든 수회의 회복으로 엄마의 감시가 점차 느슨해졌다. 다시 예전처럼 과외를 같이 하고, 틈틈이 데이트를 즐길 수도 있었다.

"성민아, 나 이제부터 열심히 공부할 거야. 그래야 빨리 대학 졸업하고 아프리카로 갈 수 있을 것 같아."

"대학 안 간다며, 제인 구달처럼."

"아빠가 대학 졸업하면 아프리카로 보내 준다고 약속했어."

"좋아. 이제 우리 함께 열심히 공부하는 거다."

모든 게 제자리로 돌아온 것 같았다.

수회는 정말 열심히 공부했다. 나도 수회에게 뒤질세라 우리 반의 급훈처럼 독하게 공부했다. 그런데 수회의 기말고사 성적이 좋지 않았다.

"괜찮아, 너 그동안 불면증 때문에 진도를 못 나가서 그래. 힘내!"

"몰라, 속상해 미치겠어. 그냥, 죽어 버릴까 봐. 내 성적 보고 엄마가 애들을 모두 없애야 한다고 또 난리야. 내가 그 애들 때문에 자꾸 성적이 떨어진대. 어제도 나 때문에 아빠 엄마가 대판 싸웠어."

수회의 두 눈에 눈물이 어렸다. 정말 어른들은 왜 그럴까? 수회에게서 동물들을 뺏는다는 것은 그 애의 행복을 빼앗는 것인데……. 그렇다고 내가 나서서 속 시원히 해결해 줄 수도 없는 일이었다. 나는 수회의 마음을 위로하기 위해 뜬금없는 이야기를 꺼냈다.

"수회야, 우리 이번 모의고사 끝나면 기차 여행 할래? 네가 좋아하는 애들도 데리고 기차를 타는 거야. 춘천 쪽으로 가면 멋있다고 하던데."

"몰라."

수회가 뾰로통해져서 눈을 흘겼지만 나는 급조한 내 발언이 마음에 들어서 가슴이 두근거렸다. 수회와 둘이서 여행을 한다! 그래, 수회와 함께 기차를 타자. 그러나 이런 내 계획은 수회의 갑작스러운 죽음으로 물거품이 되고 말았다.

"성민아, 세렝게티 고원에서 누 떼 수만 마리가 이동하는 것을 보았어. 일 년에 두 번씩 세렝게티에서 마사이 마라로, 마사이 마라에서 세렝게티로 먹이를 찾아 이동하는데 강을 건너야 하거든. 그 강에는 악어 떼가 입을 벌리고 누 떼를 기다리고 있어. 강을 건너다가 악어의 먹이가 될 수도 있지만 먹이를 찾기 위해서 목숨을 걸어야 하거든. 생존이란 목숨보다 귀한 거야."

진수회, 이 바보야. 목숨보다 더 귀한 생존을 그렇게 포기해도 되는 거야? 죽고 싶을 만큼 모든 게 다 원망스러운 밤이다.

# 8
## 세상에서 가장 아름다운 촌지

방 안이 온통 황금빛이다. 창문으로 들어오는 햇빛인데도 눈이 부셨다. 침대에 더 이상 누워 있을 수가 없어서 자리에서 일어났다. 스피커를 타고 반복해서 들려오는 이슬람의 요란한 경전 소리에 짜증이 났다. 가만히 들어 보니 '알라니 핫산(알라는 신이다).'이라는 말의 반복이다. 가까이에 모스크가 있는 모양이다.

모기장을 들추고 밖으로 나왔다. 모기장에 붙어 있던 모기들이 앵앵거리며 날았다. 다행히 모기에 물린 곳은 손등 한군데뿐이었다. 아래층으로 내려가는데 창문을 통해 들어온 밝은 빛이 계단을 황금빛으로 물들였다. 아래층에는 영아 누나가 소파에서 자고 있었고 선교사 부인은 밤새도록 간호를 한 모양인지 얼굴이 까칠했다.

내가 다가가자 수건으로 환자의 이마를 닦아 주던 부인이 지친 목소리로 말했다.

"이제 열은 좀 떨어진 것 같은데……."

환자의 숨결이 고른 것을 보니 안심이 되었지만 다른 사람은 밤새도록 간호를 했을 텐데 나만 눈을 붙인 것 같아서 미안했다. 나는 부인에게 가벼운 목례를 하고 밖으로 나갔다.

문 옆에 붉은 체크무늬 천을 머리에서부터 발끝까지 푹 뒤집어쓴 삐쩍 마른 검은 남자가 앉아 있었다. 나는 깜짝 놀라서 주춤 물러섰다. 남자는 긴 지팡이를 짚고 있었는데 바로 그림에서 본 마사이족 같았다. 그는 몹시 추운 모양인지 웅크린 그대로 나를 올려다보았다. 눈길이 마주치자 내가 먼저 인사를 했다.

"잠보!"

"아산테 사나(감사합니다)."

남자가 무표정한 얼굴로 두꺼운 입술을 열어 인사를 했다. 나는 마른풀 사이로 나 있는 길을 걸었다. 땅은 온통 붉은 황토였다. 학교에 가는 학생들이 보였다. 학생들은 푸른 남방에 브이넥 스웨터와 청색 바지를 입고 있었다. 그런데 우스꽝스럽게도 신발은 엄지발가락만 걸어서 신는 조리 슬리퍼나 고무 슬리퍼였다. 슬리퍼를 끌며 걸을 때마다 황토가 붉게 날아올랐다. 학생들은 등굣길에 어정쩡하게 나타난 이방인을 호기심 어린 눈길로 바라보았다.

"잠보."

"하바리(좋아요)."

내가 먼저 인사를 건네자 학생들이 웃으며 인사를 했다. 햇빛에 젖은 학생들의 눈빛이 맑고 투명하게 빛났다. 저들의 검은 얼굴이 무척 친근해 보였다. 마치 모든 사람들의 얼굴이 처음부터 검은색인 듯이. 조물주가 왜 자기 눈으로 자기 얼굴을 직접 볼 수 없게 만들었는지 알 듯하다. 자기 얼굴에다 모든 인종들의 얼굴을 빗대어 보면 언제나 낯선 느낌이 들 테니까, 얼굴색에 상관없이 그저 눈에 보이는 것을 인정하면 된다는 암시가 아닐까?

불타오르던 태양이 서서히 머리 위로 높아졌다. 황금빛 태양과 붉은 대지와 검은 아이들 그리고 이방인인 나! 가슴속에서 아련한 슬픔이 밀려왔다. 나는 학생들을 따라서 걸었다. 한참을 걸어가다가 아이들이 들어가는 학교 앞에서 걸음을 멈추었다. '보이 타운 중학교'라는 하얀 표지판이 세워져 있었다. 학교는 붉은 진흙 벽돌로 쌓아 올린 건물이었는데 마감 칠을 안 했는지 네모난 벽돌 선이 선명하게 드러나 있었다. 학교 주위는 철조망으로 빙 둘러막은 채 입구만 열어 놓았다. 넓은 들판에 휑하게 서 있는 작은 학교, 붉은 흙바닥에 마른풀이 군데군데 솟아 있는 운동장에서 아이들은 맨발로 공을 차고 있었다. 그 공은 바람이 빠지고 낡아서 위로 날아오르기보다는 학생들의 발길질에 따라 이리저리 턱턱거리며 굴러다녔다. 맨발로 바람 빠진 공을 차는 아이들을 보고 있으니, 마치 한국에서 텔레비전 화면을 보고 있는 듯했다.

공을 차던 학생들이 철조망 밖에 서 있는 나와 눈길이 마주칠 때마다 손을 번쩍 들며 '잠보'를 외쳤다. 그들의 검고 깡마른 모습이 단단해 보였다. 한국에도 지금쯤 아이들이 학교에 가겠지? 아니, 아프리카하고는 시차가 있으니까 한국은 지금쯤 한밤중일 거다. 엄마는 이 밤중에도 사라진 아들 때문에 애태우고 있으려나? 그런데 나는 엄마가 보고 싶지도, 미안하다는 마음도 들지 않으니 참 나쁜 놈이다. 엄마가 그동안 수회를 무시하고 정신이 이상한 애 취급한 것도 싫었지만 사실, 그날 밤 이후로 엄마에 대한 신뢰가 무너졌다.

지난봄, 과외를 마친 뒤 아이들과 달빛 아래에서 농구 한 게임을 했다. 봄바람 속에서 땀을 흠뻑 흘리며 뛰었더니 기분이 좋았다. 콧노래를 흥얼거리며 골목을 막 들어섰을 때였다. 순간 난 내 눈을 의심하지 않을 수 없었다. 붉은색 원피스를 입고 긴 머리를 늘어뜨린 사람은, 분명 엄마였다. 엄마가 어떤 남자의 품에 안겨 있었다. 잠깐의 포옹이 끝난 뒤, 엄마는 손을 흔들었고 남자는 세워 둔 자동차 안으로 사라졌다. 갑자기 다리에 힘이 풀리면서 머리가 띵했다. 다시 눈을 뜨고 살펴봐도 멀어지는 차를 향해 못내 아쉬운 듯 손을 흔드는 사람은 분명 우리 엄마였다. 갑자기 아버지가 생각났다. 그리고 이때껏 내가 붙잡고 있던, 아니 나를 붙잡아 주던 어떤 끈이 툭 끊어지는 것 같았다. 처음으로 엄마에게 배신감을 느꼈다. 엄마가 집으로 들어간 후, 나는 그림자가 어른거리는 엄마 방 창문과 불 꺼진 내 방 창문을 올려다보면서 골목을 서성거렸다. 그 후로 어두운 골목을 들어설 때면 나도 모르게 발걸음이 멈춰지면서 화가 났다. 재성이 말처럼 엄마는 엄마, 나는 나, 각자 다른 인생이 있다고 생각하면서도 뭔가 외롭고 자꾸 배신감이 드는 것은 어쩔 수 없었다.

외롭다!

이 황량한 땅에서 붉은 먼지가 되어 흩어진다고 해도, 이카로스의 날개처럼 저 붉은 태양빛에 녹아내린다 해도 아무도 나를 기억하거나 알지 못하리라.


선교사 집에 돌아와 보니 아침 식탁이 차려져 있었다. 모두 나를 기다린 모양이다. 아침을 먹으며 선교사가 근심 어린 얼굴로 말했다.

"당장 큰일 났네. 하나 선생이 저렇게 아프니 오늘 우팬도 학교 수업은 어쩐담. 낭패로군."

"선생이 하나뿐이었나요?"

"하나 선생하고 그레이스 선생이 있는데 하나 선생이 영어하고 수학을 가르치지."

영아 누나가 물었다.

"또 다른 선생은 없어요?"

"이런 오지에는 그럴 만한 선생이 없지……. 학생들이 아직 아프리카를 잘 몰라서 그렇지, 여기를 한국처럼 생각하면 속에서 불이 나."

"아, '폴레폴레'요?"

"그래. 폴레폴레."

"아이들은 몇 명이나 되는데요?"

"한 팔십 명쯤."

"학생이 팔십 명인데, 선생님이 그렇게 없어요? 교장 선생님이나 교감 선생님도 있을 테고……."

"여긴 교장, 교감이 없어. 내가 앞장서고, 마을 사람들이 대충 벽돌을 쌓아서 세운 학교라 선생이라고는 딱 둘뿐이야."

"그런 학교도 있어요?"

"한국처럼 생각하면 안 된다니까."

영아 누나가 놀랍다는 듯이 눈을 동그랗게 떴다.

누나가 나를 바라보며 말했다.

"참, 너 영어가 되잖아. 네가 아이들 좀 가르쳐라. 난 영어가 좀 달려서……."

"……."

"하나가 나을 때까지 며칠만."

"그게, 좀……."

내가 얼버무리자, 선교사가 누나 말을 맞받았다.

"그것도 좋은 일이지. 정말 맑고 귀한 아이들이야."

"그냥 하나 대신 가르치면 되는 거예요?"

누나가 묻자 선교사가 대답했다.

"그럼, 그래도 되지. 오늘부터 당장 선생님이 없으니 그레이스가 혼자서 애먹을 거야."

"야, 윤성민, 그렇게 해 주라. 선생님 없는 아이들이 불쌍하잖아."

"……."

나는 선뜻 대답할 수가 없었다. 이때껏 살아오면서 누구를 가르쳐 본 적이 없다. 학생들이 아무리 어리다고 해도 내가 단번에 선생님 노릇을 할 수는 없는 일이다. 게다가 나는 지금 수회와 함께 킬리만자로에 가야 한다. 한시바삐 수회를 킬리만자로에 데려다줘야 한다.

"여기서 킬리만자로가 가깝다고 하던데."

내가 혼잣말처럼 중얼거리자 선교사가 대답했다.

"어, 킬리만자로? 여기서 몸바사로 가는 버스, 그러니까 자네들이 어제 타고 온 그 버스를 타고 좀 더 가다가 내려서 탄자니아 국경만 넘으면 거기가 킬리만자로야. 참, 산에 올라가려면 자격증을 가진 안내원을 구해서 같이 가야 될 거야. 왜, 킬리만자로에 가려고?"

"쟤는 킬리만자로 간대요."

"그럼 같이 온 게 아닌가?"

"네. 비행기에서 만났어요."

"아, 그래. 난 또 오누인 줄 알았네. 참, 킬리만자로에 간다니, 잘됐군. 우리 마한가하고 같이 가면 되겠네. 초행길에 혼자서 찾아가긴 힘들 거야. 마한가는 달마다 말일에 월급 받으면 월급 갖다 주러 집에 가거든, 마한가의 집이 킬리만자로 산자락이야."

"그래요? 잘됐네. 야, 그래라. 하나 대신 아이들 좀 가르치다가 같이 가. 괜히 암보셀리에서 사자 밥 되지 말고. 정말이야. 책에서 보니까 케냐에서 철도 공사를 하다가 사자 밥이 된 인부들이 백 명도 더 된대."

영아 누나가 내 옆에 바짝 다가앉으며 말했다. 말일이면 앞으로 닷새! 그래도 될까? 마한가는 새벽에 본 마사이 남자다. 그 남자는 밤에 선교사네 집을 지켜 주는 아스까리(경비) 일을 한다. 선교사의 이야기를 들어 보니 이곳은 가물어서 일 년 중에 우기가 되어야 옥수수 농사를 짓는데 옥수수로 연명하기도 빠듯했다. 그래서 외국인들은 부엌일, 아이 돌보는 일, 빨래하는 일에 원주민을 고용하여 일자리를 만들어 준다고 하였다. 선교사가 원주민에게 주는 월급은 우리나라 돈으로 고작 6만 원. 그래도 이곳 인건비의 두 배란다. 그렇다면 이곳 사람들의 한 달 인건비는 고작 3만 원. 한국에서 한 끼 식사값이다. 이 마사이 남자도 6만 원을 벌기 위해 식구들과 떨어져 혼자서 이곳에 살고 있었다.

"나하고 학교에 한번 가 보자고. 가서 할 수 있으면 하고 못 하겠으면 그냥 오면 돼."

나는 체념하듯 선교사를 따라 우팬도 학교에 갔다.

선교사의 차를 타고 한 오 분쯤 달려가니 흙벽돌로 만든 건물이 나왔다. 아이들이 올망졸망 모여서 놀고 있다가 우리를 보고 모여들었다.

"잠보, 음충가지(선교사님)."

선교사와 아이들이 서로 밝은 얼굴로 인사를 했다. 까맣고 동그란 아이들의 눈동자가 검은 보석처럼 빛났다.

"잠보!"

내가 손을 흔들며 아이들에게 인사하자 한 아이가 가만히 다가와 내 손을 잡았다. 그러자 옆에 있던 아이들도 서로 손을 잡겠다고 야단이었다.

"아이들이 자네를 좋아하는군. 얘들은 얼굴빛이 흰 사람을 좋아해. 나는 이렇게 까맣게 탔으니 별로 흥미가 없지."

'We have same palm color.'

나는 옛날에 내 흑인 친구 제시가 그랬던 것처럼, 아이들 앞에 내 손바닥을 펴 보았다. 아이들은 내 마음을 읽었다는 듯이 손바닥을 내밀었다. 그러고는 내 팔에 매달려 깡충깡충 뛰었다.

그래, 딱 닷새다. 수회야, 미안해. 닷새만 참아 줄래? 나는 마음속으로 결정을 내렸다. 수회도 좋아할 거라고 믿자.

"선교사님, 제가 하나 누나 대신 아이들을 돌볼게요."

"그래, 생각 잘했어. 아마 아이들하고 며칠만 같이 있어도 그 순수함에 반하게 될 거야."

선교사가 아이들에게 아프리카 말로 뭐라고 하자 아이들이 "와!" 하고 소리치며 교실로 뛰어 들어갔다.

"자네가 선생이라니 아이들이 무척 좋아하는구먼."

선교사가 그레이스 선생님에게 내 수업 준비를 부탁했다. 교실에 들어선 나는 깜짝 놀랐다. 시멘트 맨바닥에 나무로 만든 긴 의자와 책상을 놓고 아이들이 책을 편 채 기다리고 있었다. 낡은 칠판과 나무로 엉성하게 만든 교탁이 놓여 있어서 그나마 다행이었다.

교과서는 영어로 되어 있었다. 한 치 앞을 볼 수 없는 게 사람이라고 했나? 졸지에 선생님이 되다니. 내가 결정을 잘한 것인지 어떤 것인지 아직 판단이 서지 않았다. 그저 아이들이 좋아서 가르치기로 했지만 솔직히 걱정이 되었다. 선교사가 돌아가고 나는 아이들과 공부를 했다. 빠글거리는 머리에 반짝거리는 검은 살결의 아이들이 꼭 인형 같았다.

첫 시간에 영어 교과서를 읽고 쓰게 했다. 아이들이 곧잘 따라 했다. 둘째 시간에는 영어 동화책을 읽어 주고 아이들에게 이야기를 하게 했다. 그런데 내 미국식 발음이 문제였다. 이 나라는 오래도록 영국의 식민지로 있었기 때문에 발음이 영국식이었다. 그래서 아이들이 내 미국식 영어를 듣고 와, 웃었다.

점심시간이 되자 아이들이 교실 밖으로 몰려갔다. 몇몇 아이들은 내 손을 끌고 갔다. 교실 바깥에서는 어떤 아주머니가 양은 솥에 매달려 큰 주걱으로 무언가를 열심히 젓고 있었다. 가까이 다가가 보니 옥수수 죽이었다. 아이들이 빙 둘러앉자 아주머니가 컵에 노란 옥수수 죽을 떠 주었다. 아이들은 마당에 쪼그리고 앉아서 옥수수 죽을 호호 불며 마셨다. 멀건 옥수수 죽 한 컵이 아이들의 점심인 모양이었다. 나도 옥수수 죽을 먹었다. 아이들은 행복한 웃음을 얼굴 가득 띠고 쪽쪽 소리를 내며 컵 가에 붙은 죽을 혀로 핥았다. 나는 죽이 밍밍하기만 한데, 아이들은 이 세상에서 가장 맛있는 음식을 먹듯이 입맛을 다셨다. 대한민국 아이들에게 옥수수 죽을 점심으로 준다면? 나는 측은한 마음이 들어서 아이들을 물끄러미 바라보았다. 눈길이 마주치는 아이들의 맑은 표정과 웃음이 축복처럼 빛나서 슬그머니 고개가 숙여졌다.

아이들과 정신없이 어울리다 보니 어느새 수업이 끝났다. 그레이스 선생님이 엄지를 코앞에 들어 올리며 "Great!" 하고 웃었다.

나는 선교사가 올 때까지 기다려야 했다. 교실을 대충 쓸고 학교 안을 어슬렁거리며 돌아다니다가 교실에 우두커니 앉았다. 눈길이 닿는 모든 곳이 초라하고 지저분하고 어수선했다. 그때 문이 열리고 그레이스 선생님이 주름이 깊이 파인 웬 할아버지와 함께 교실로 들어섰다. 앞니가 거의 빠져서 양 볼이 쏙 들어간 할아버지는 얼굴 가득 웃음을 띠고 있었다. 할아버지가 손에 들고 온 비닐봉투를 내게 내밀었다. 나는 얼떨결에 비닐봉투를 받아 들었다. 그 안에는 구운 옥수수 한 통과 사탕수수 다섯 줄기, 주먹만 한 푸른 열매 구아바가 들어 있었다.

그레이스의 설명을 들어 보니, 이 할아버지는 동네의 음제(존경받는 노인)였다. 하나 선생님 대신 아이들을 가르쳐 주어 감사한 마음을 전하러 왔다고 했다.

노인은 검고 쪼글쪼글한 손으로 내 손을 잡더니, 깊이 고개를 숙이고 "갓 블레스 유!" 하고 말했다. 나는 몹시 당황스러웠다. 가슴이 찡했다. 이제껏 살아오면서 나는 다른 사람을 위해 봉사한 적이 없다. 고작 학교에서 내신에 반영하는 점수를 받기 위해 억지로 봉사 점수를 채운 것 외에는. 오늘 이렇게 아이들을 가르친 것도 순전히 나를 킬리만자로 데려다줄 그 마사이 남자를 기다리기 위해서였다. 이건 봉사고 뭐고 아무것도 아니다. 그런데 이런 대접을 받아도 되나?

나는 음제 할아버지와 그레이스 선생님이 돌아간 뒤, 할아버지가 주고 간 음식을 차례대로 꺼내어 바닥에 놓았다. 나뭇가지에 꿰어서 거뭇거뭇하게 구운 옥수수 한 통. 옥수수 알을 하나 따서 입에 넣고 씹어 보았다. 고소했다. 사탕수수 나무를 깨물었다. 달짝지근한 물이 입에 고였다. 전혀 가공하지 않은 사탕수수에서 풀 냄새가 물씬 났다. 이 소박한 먹을거리가 이들에겐 얼마나 소중한 음식일까? 이건 세상에서 가장 아름다운 촌지다. 이게 바로 재성이네 집에서 맡았던 그 알싸한 사람 냄새다. 나는 그 자리에서 옥수수 한 통을 다 먹었다. 자꾸만 목이 메고 가슴이 울컥거렸다.

선교사의 차를 타고 가면서 바깥 풍경에 눈을 뗄 수 없었다. 아프리카, 끝없이 펼쳐진 붉은 땅, 이곳에 사는 검은 사람들과 나, 그리고 수회는 무슨 상관이 있을까?

"선교사님은 이곳이 좋으세요?"

"좋지, 좋아. 때로는 원주민들의 배신에 치를 떨기도 하지만, 그래도 이곳이 좋아. 난 대학 다닐 때부터 아프리카를 가슴에 품었어. 지금도 후회는 하지 않아. 참, 초상집에 잠깐 들러야 하는데. 어때, 같이 가 볼 텐가?"

선교사가 차를 세우며 말했다.

"초상집? 누가 죽었나요?"

"응, 신실한 우리 교인이었는데 남편한테 에이즈가 옮아서 죽었어. 아프리카는 에이즈가 심해."

선교사를 따라 비스듬한 능선을 올라가니 외딴집이 한 채 나왔다. 판자 몇 개 이어 붙이고 함석 조각으로 지붕을 얹은, 초라하기 이를 데 없는 집이었다. 딱히 안팎의 경계가 없는 마당에는 키 큰 남자 둘이서 큼직한 구덩이를 파고 있었다.

"고인을 묻을 무덤이라네."

"예에?"

"이곳은 부족마다 장례법이 다르지. 이 집 사람들은 사갈라 부족에 속해. 사갈라 부족은 사람이 죽으면 마당 한가운데에 파묻어. 그래야 죽은 사람이 이 집에 함께 살 수 있다고 생각하는 거지. 날마다 밟고 다니는 곳이니까."

구덩이를 파던 두 사람이 빙그레 웃으며 "잠보!" 하고 인사를 했다. 선교사가 문을 열자 방 안에 아주머니 서넛이 앉아 있는 게 보였다.

"잠보!"

선교사가 인사를 하며 방으로 들어갔고 나도 그 뒤를 따랐다. 집 안은 빛이 들지 않아서 어둑했다. 방 한가운데에는 젊은 여자가 반듯하게 누워 있고, 그 옆으로는 눈동자가 반짝거리는 세 아이가 올망졸망 앉아 있었다. 세간은 별로 없고 불을 피우는 화덕과 냄비 두 개, 옷 몇 가지가 벽에 걸려 있을 뿐이었다.

"고인과 고인의 아이들이야!"

나는 깜짝 놀라서 얼른 고개를 돌렸다. 고인? 그러면 시체? 등골이 오싹했다. 태어나서 처음으로 송장을 보았다. 그런데 살아 있는 사람과 똑같았다. 다시 고개를 돌려 죽은 여자를 보았다. 한 아이가 죽은 여자의 손을 만지고 있었다. 나는 너무 무서워서 밖으로 나왔다. 마당에 모여든 사람들이 뭐라고 소리를 치자 땅을 파던 남자들이 올라와 집안으로 들어갔다. 조금 있으니 시체를 헝겊에 말아서 헝겊 네 귀퉁이를 잡고 나왔다. 구덩이 안으로 시체를 내려놓고 선교사의 인도에 따라 영결 예배를 드렸다.

어느 아주머니의 고음 선창에 따라서 함께 부르는 찬송 소리가 어우러졌다. 세 아이는 낯선 이방인인 나를 자꾸만 쳐다보았다. 큰아이는 한 열 살쯤, 막내는 대여섯 살쯤으로 보였다. 아이들의 아버지는 다른 여자와 멀리 떨어져 살고 있고, 저 아이들은 이제부터 엄마도 없이 고아로 살아가야 한다. 아버지란 작자의 무책임에 화가 났다. 이곳은 아직도 염소 몇 마리만 있으면 여자를 얻을 수 있다니, 진정 여권 신장과 페미니즘이 필요한 나라다.

장례는 죽은 사람을 땅에 묻고 모두가 마당을 꾹꾹 밟는 것으로 끝났다. 이제 아이들은 날마다 마당에 묻힌 엄마를 밟으며 그리워하겠지! 내가 아버지를 그리워하듯이……

장례를 마치고 선교사의 집으로 돌아오니, 하나 누나가 입가에 희미한 미소를 띠고 모기 같은 소리로 말했다.

"고마워요."

하나 누나는 아직도 눈동자에 초점이 잡히지 않는 듯했다.

"좀 어때요?"

"열이 많이 떨어졌어. 하나가 너한테 무척 고마워하고 있어."

영아 누나가 하나 누나 대신 대답했다.

"아이들이 참 귀엽던데요."

나는 멋쩍어서 머리를 긁적이며 다락방으로 올라가서 짐을 챙겼다. 내일 아침에는 선교사가 깜바 부족에 일을 보러 가야 하기 때문에 나를 학교에 데려다줄 수 없다고 했다. 그래서 오늘 저녁에 학교 가까이 있는 하나 누나 집에 미리 데려다주기로 했다. 말라리아는 정말 지독한 것 같았다. 하나 누나는 어제부터 음식을 먹으면 다 토해서 눈두덩이 푹 꺼졌고 기운이 없어서 일어나지 못했다.

누나의 집은 주인집에 잇대어서 흙벽돌로 방 하나를 달아 놓은 듯했다. 주인 없는 방에 들어가기가 멋쩍어서 바깥에서 망설이는데 주인인 테오 할머니가 나를 반겼다. 테오 할머니한테서 고약한 냄새가 났다. 이 나라 사람들은 땋아 놓은 곱슬머리를 풀고 빗기가 너무 힘이 들어서, 기름칠로 덧칠하며 서너 달을 버틴다고 한다. 그래서 옆에 가면 찌든 기름 냄새가 악취처럼 풍겼다.

선교사는 테오 할머니하고 스와힐리어로만 말했다. 그래서 나는 그들이 하는 말을 한마디도 알아들을 수 없었다. 선교사한테 물으니 나이가 많은 원주민은 스와힐리어를 주로 쓰고 젊은 층은 영어와 스와힐리어를 자유롭게 쓴다고 했다.

"성민 군, 식사는 테오 할머니가 준비해 주실 거야. 테오 할머니 아들과 며느리는 돈 벌러 도시로 나가고, 할머니가 손자를 키우고 있지. 뭐든 테오 할머니한테 말하면 돼. 아, 참. 여기 자물쇠와 열쇠. 문을 잘 잠그고 귀중품이 있으면 잘 관리해야 돼."

나는 선교사의 이야기를 들으며 픽 웃음이 나왔다. 테오 할머니와 말이 통하지 않는데 뭐든 말하라니……. 선교사가 떠나고 혼자 뭘 해야 할지를 생각했다. 밖은 벌써 땅거미가 깔리기 시작했다. 천장에 매달린 전구 불빛 아래로 하나 누나의 방이 그대로 드러났다. 나무 책상과 그 위에 놓인 책 몇 권, 벽에 걸린 옷, 철제 침대 하나. 벽에는 벽지 대신 회색 페인트를 칠해 놓았는데, 군데군데 페인트 조각이 떨어져 나가서 마치 벽에 구멍이 난 듯했다. 나는 책상에 놓인 책을 뒤적이다가 그 옆에 놓인 공책을 들춰 보았다.

"아프리카에서의 첫날이다! 김하나, 넌 잘 할 수 있다. 아프리카 아이들을 위해 최선을 다하자."

뭐야, 이렇게 청춘을 쏟아붓기 위해 왔는데, 치료도 받지 못하고. 고통스러워하던 하나 누나가 생각나 슬그머니 화가 났다. 하나 누나는 이곳 아이들을 위해 젊음을 던졌다. 수회는 아프리카의 동물을 위해서 살기로 작정했다. 뭐야? 이 나라가 무슨 매력이 있다고! 어쨌든 수회 넌 비겁해. 죽지 말고 당당하게 이곳에 왔어야지. 하나 누나처럼 부딪혀 봐야지. 하나 누나는 씩씩하게 살아서 왔다. 수회 넌 죽어서 왔다! 아무것도 할 수 없단 말이야. 오늘 땅속에 들어간 여인을 봐. 죽은 사람은 아무것도 할 수가 없어. 어린아이가 엄마를 만지던 그 작은 손을 봤니? 그 여인은 이제 아이를 위해 아무것도 해 줄 수가 없어. 수회야, 어쩌면 넌 아프리카에 품은 환상을 매력으로 착각한지도 몰라. 킬리만자로! 정말 그곳에 가면 네가 원하던 자유와 평화가 있을까?

나는 수회의 유골이 든 가방을 물끄러미 바라보았다. 저 가방에 든 한 줌의 뼈를 위해 이곳까지 왔다. 저것이 수회라면, 나는 정말 수회를 이곳에 두고 가야 하나? 이 붉은 땅에 수회 혼자 남겨 두고!

외롭지 않을까?

쓸쓸하지 않을까?

생각할수록 가슴이 타들어 가는 것 같았다. 나도 수회처럼, 이렇게 한 줌의 뼈로 남아서 무게와 부피를 벗어나 떠돌고 있다면 어떨까?

수회야, 보고 싶다!

# 9
## 도둑맞은 수회

"잠보!"

문을 두드리는 소리에 눈을 떴다. 늦잠을 잔 모양이다. 테오 할머니가 쟁반에 아침을 들고 들어오며 웃었다. 주름진 얼굴이 황금빛 햇살에 물들어 투탕카멘의 가면처럼 빛났다. 테오 할머니가 가지고 온 식사는 우갈리 한 덩이와 스쿠마와키 볶음 한 접시, 차이 한 잔이었다. 스쿠마와키는 우리나라에서 녹즙을 해 먹는 케일인데 그것을 채 썰어 볶은 것이다. 차이는 아프리카에서 나는 차로, 끓는 물에 우유와 설탕을 섞어서 먹는다. 차가 너무 달았다. 어느 책에서 보니 아프리카 마사이족은 귀한 손님일수록 설탕을 진하게 넣은 차를 대접한다고 한다. 테오 할머니도 마사이족처럼 나를 귀한 손님으로 대접하느라 설탕을 많이 넣은 모양인데 도저히 먹을 수 없었다. 깔깔한 우갈리도 아무 맛이 없었고 스쿠마와키에도 풀 냄새만 났다.

대충 아침을 먹고 학교에 가려고 밖으로 나갔다. 할머니의 손자인 테오가 마당에 쪼그리고 앉아서 손으로 우갈리를 꼭꼭 뭉쳐 가며 먹고 있었다. 식탁도 따로 없이 아무 데나 음식 접시만 들고 앉으면 그곳이 식탁이 되는 자연스러움. 어린 테오의 얼굴이 더없이 행복하게 보였다.

"선생님!"

교실에 들어서자 아이들이 달려와 매달렸다. 슬리퍼를 신고 다니는 아이들의 검은 발 위로 붉은 먼지가 슬리퍼 자국만 남긴 채 소복이 쌓여 그림을 그려 놓은 듯했다. 아이들은 시작종이 울리자 가지런히 책과 공책을 펴 놓고 앉았다. 나 같은 놈이 잠시라도 이 아이들의 선생이란 사실에 숙연해졌다.

나는 단순히 교과서 내용을 전달할 뿐, 더 가르칠 것이 없다. 내가 이때껏 받아 온 대한민국 교육의 한계다. 그저 아침에 일어나 졸면서 밥 한술 뜨고 집을 나선다. 밤 10시까지 이어지는 야간 자율 학습과 자정을 넘기는 과외, 이 작은 머리통에 끝없이 뭔가를 채워야 하는 전쟁이었다. 책에 담긴 글자와 숫자들을 머리통에 완벽하게 집어넣는 입력 기계! 이것이 내가 이때껏 받아 온 교육의 전부이며 고등어 등짝처럼 검푸르고 싱싱한 청춘들을 틀어쥐고, 무참하게 아작 내는 괴물의 실체다.

그 고리를 수회처럼 스스로 끊는 아이도 있다. 그러나 아이들 대부분은 흘러가는 세월에 몸을 맡기고 오뚝이처럼 견딘다.

"선생님, 질문 있어요."

유달리 얼굴이 검은 여자아이가 손을 번쩍 들고 말했다.

"말해 봐."

"선생님은 무슨 약을 발라서 얼굴이 하얘요?"

"약?"

뜻밖의 질문을 받고 나는 잠시 어리둥절해졌다.

"저는 밤에 약을 바르고 자는데 왜 얼굴이 검은가요?"

아이들 얼굴을 찬찬히 살펴보았다. 가만히 보면 검은 얼굴빛도 조금씩 다 달랐다. 아주 검은 아이가 있는가 하면 검은색이 약간 옅은 아이도 있었다. 질문한 아이에게 다가갔다.

"우리는 태어날 때부터 조금씩 피부 색깔이 달라. 그렇지만 피부가 하얗든 검든, 다 소중한 사람들이야."

아이들한테 해 줄 수 있는 말은 이것뿐이었다. 아이가 배시시 웃으며 자리에 앉았다.

"얘들아, 우리나라 사람들은 너희 같은 피부색을 하고 싶어서 선탠을 해. 일부러 햇볕에 피부를 그을리는 거지. 모두가 자기한테 없는 색깔을 좋아하나 봐. 나는 너희의 피부색이 예쁘다."

"야!"

아이들이 해맑은 얼굴로 소리쳤다. 그래, 나는 비록 당분간이지만 이 아이들의 선생님이다. 선생님은 어쨌든 아이들을 존중하고 위로해 줘야 한다. 그레이스 선생님에게 물으니, 이곳 보이 마을은 여러 부족이 어울려 사는 곳이라고 한다. 루오와 루야 부족이 유난히 검고, 깜바와 타이타 부족은 보통 검은색 얼굴이라고 했다. 그러나 나는 얼굴만 봐서는 도저히 부족을 분별할 수가 없었다. 이곳 아이들은 검은 피부를 싫어해서 그림을 그릴 때도 피부색을 검은색으로 칠하지 않고 황토색이나 고동색으로 칠했다.

어떤 키 작은 아이가 쉬는 시간에 내 귀에 속삭였다.

"나는 하나 선생님이 좋아요."

"왜?"

"하나 선생님은 그레이스 선생님처럼 때리지 않아요. 그레이스 선생님은 때려요."

폭력 선생님은 어디에나 있는 모양이다.

"선생님도 때리지 않을 거죠?"

"글쎄? 어떨 것 같아?"

"때리지 마세요. 아파요."

"나도 코리아에서 아직 학생인데, 우리나라 선생님들도 예전엔 때렸대."

"정말요? 선생님도 맞았어요?"

"물론 맞았지. 이렇게……."

내가 아이의 엉덩이를 때리는 시늉을 하자 아이들이 깔깔거렸다. 체벌은 금지지만 그래도 성적 때문에 선생님들의 은근한 언어폭력과 시달림은 있다. 저마다 타고난 유전자가 다른데 닭

달한다고 성적이 올라갈 거라는 발상은 어디에서 나온 것일까?

수업이 끝난 뒤, 아이들이 까치발을 하고 내 얼굴에 입을 맞추고 돌아갔다. 무차별 키스 폭격이었지만 귀엽고 사랑스러운 녀석들이라 기분이 좋았다.

학교에서 돌아온 나는 기절할 뻔했다. 분명히 아침에 자물쇠로 문을 잠그고 나갔는데 자물쇠가 뽑혀 있었다. 방문을 열어 보니 방 안에 온통 물건이 어질러져 있었다. 황급히 방으로 들어가 이불을 들추었다. 가방이 보이지 않았다. 아침에 가지고 나갈까 하다가 자물쇠를 채운다는 생각에 이불로 덮어 두고 나갔다. 가슴이 철렁했다. 없다. 수회가 없어졌다. 테오 할머니도 없고 텅 빈 마당에 개미 새끼 한 마리 보이지 않았다. 미칠 것 같았다. 햇살이 쏟아지는 붉은 신작로를 무작정 뛰었다. 어디에 가서 어떻게 내 가방 훔친 놈을, 아니 수회를 훔쳐 간 놈을 찾는단 말인가?

선교사에게 알려야 하는데 전화도 없다. 차를 타고 다녔기 때문에 찾아가는 길도 모른다. 눈앞이 캄캄했다.

"수회야, 어디 있는 거니? 여기까지 와서 너를 도둑맞다니……"

나는 휘청거리며 울부짖었다. 지나가는 사람들을 붙잡고 물었다.

"내 가방 훔쳐 간 사람 못 봤어요?"

모두 고개를 저을 뿐이었다.

"내 가방 돌려줘. 나쁜 놈들아!"

나는 울부짖었다. 내 속에 어디서 그렇게 큰 소리가 폭발하는지 나 자신도 놀라웠다. 한참을 그렇게 뛰어다니다가 다시 돌아왔다. 세상이 다 싫었다. 이 개 같은 나라도, 킬리만자로에 데려다 달라는 수회도 다 싫었다.

이제 모든 게 다 끝났다!

방에 들어와 그대로 뻗었다.

이제 뭘 어떻게 해야 하나?

막막했다.

죽고만 싶다.

"수회야, 미안하다. 약속을 지키지 못해서!"

나는 방문을 닫았다. 하염없이 눈물이 났다.

잠시 뒤, 테오 할머니가 돌아왔다. 나는 뛰어나가 다짜고짜 물었다.

"할머니, 내 가방 못 봤어요?"

"……."

테오 할머니가 내 벌건 눈동자를 보고는 눈을 동그랗게 뜨면서 뭐라고 되물었지만 말이 통하지 않았다.

"내 가방이 없어졌단 말이에요. 내 가방이……."

뽑혀 나간 자물쇠와 방 안을 보여 주며 손짓 발짓으로 대화를 시도했지만 테오 할머니는 영어를 알아듣지 못하고 놀란 눈만 더욱 동그랗게 뜰 뿐이었다. 나는 기어이 테오 할머니를 붙잡고 울음을 터뜨렸다. 테오 할머니는 내 등을 몇 번 두드려 주다가 무슨 생각을 떠올렸는지 밖으로 뛰어나갔다. 한참 뒤에, 할머니는 그레이스 선생님을 데려왔다. 그레이스 선생님은 내 말을 듣고 빨리 경찰에 신고하러 가자고 했다. 나는 그레이스 선생님과 함께 경찰서로 갔다. 경찰서는 꽤 멀리 있었다. 경찰도 내 사정을 듣고 놀란 표정을 지으며 물었다.

"돈이 많이 들었나요?"

"아니요. 돈이 아니고 돈보다 더 귀중한 거요."

경찰이 고개를 갸웃했다.

"어쨌든 내 가방을 좀 찾아 주세요. 부탁합니다. 꼭이오."

절박한 내 마음과는 달리 경찰은 느긋하게 내 가방에 대한 사실을 기록한 뒤 집에 가서 기다리라고 했다. 집으로 돌아오면서도 속에서 치밀어 오르는 화를 참을 수 없어 몸부림을 쳤다. 가방을 가져간 놈을 잡기만 하면 용서하지 않으리라. 만약 그놈이 수회를 어떻게 했다면 지옥까지 따라가서라도 죽여 버릴 테다!

"마마(할머니), 음충가지(선교사) 집에 데려다줘요."

집으로 돌아왔지만 도저히 참을 수 없어서 테오 할머니에게 부탁했다. 선교사를 부르던 스와힐리어를 생각해 내어 거듭 말하자 테오 할머니가 알아들었는지 고개를 끄덕였다. 모든 게 다 답답했다. 길도 모르고 차도 없다. 발이 있어도 방향을 모르니 내 맘대로 가지도 못한다.

나는 테오 할머니를 따라 걸었다. 한참을 걸어서 선교사 집에 도착했다. 테오 할머니를 앞세우고 집 안으로 들어서자 사람들이 깜짝 놀란 얼굴로 쳐다보았다.

"가방을 도둑맞았어요."

"어머, 어쩌다가……."

선교사 부인과 영아 누나가 동시에 소리쳤다. 여기까지 올 때는 영아 누나와 선교사네 식구를 만나서 뭐라고 한바탕 퍼부을 생각이었다. 그러나 막상 얼굴을 대하자 목소리가 누그러졌다.

"자, 앉아서 차근차근 얘기해 봐."

"더 얘기할 것도 없어요. 내 가방을 누가 훔쳐 갔다니까요."

나도 모르게 소리를 버럭 질렀다.

선교사가 놀란 표정으로 내 등을 다독거리며 물었다.

"자, 진정하고……."

나는 끓어오르는 화를 삭이며 잃어버린 가방에 대해서 이야기했다.

"미안해요. 나 때문에……."

하나 누나의 눈가로 물방울이 쪼르르 흘러내렸다. 나는 그냥 못 본 체 눈을 꾹 감았다. 어쩌다가 이 여자들 때문에 일을 이렇게 망치게 되었나? 모두들 작당해서 나를 놀리는 것 같았다.

"어쩌나? 애들 짓 같은데……. 일단 경찰에 신고부터 해야지."

"신고는 했어요."

"그럼 기다려 볼 수밖에는……. 나도 여기 살면서 가장 괴로운 점이 도둑들에게 당하는 거야. 처음에는 일하는 여자들이 우리 애들 장난감까지 다 가져갔다니까. 내가 가르치던 제자들은 키우던 염소까지 끌고 가서 잡아먹고, 자기들을 위해 사 준 매트리스까지 팔아먹고는 오리발이야. 정말 어떤 때는 내가 지금 여기서 뭘 하고 있나 하는 생각이 들 때도 있어."

나는 선교사한테도 짜증이 났다. 내 이 절박한 심정을 조금이라도 안다면 자동차를 끌고 나가서 도둑놈을 찾아볼 것이지, 태평스럽게 앉아서 자기 넋두리나 하고 있으니.

"선교사님이 좀 찾아봐 줄 수 없을까요?"

"가방에 뭐가 들었지?"

"……."

"돈?"

"아니요. 지갑하고 여권은 점퍼 주머니에 넣고 가서……."

"그럼?"

"……."

나는 대답하지 못하고 고개만 숙였다. 눈에 물기가 핑 돌았다. 그런 내 모습을 보고 선교사는 더 이상 묻지 않았다.

"경찰서로 가 보세. 내 연락처도 알려 줘야 하고……."

선교사의 차를 타고 경찰서로 갔다. 선교사가 경찰에게 전화 번호를 알려 주고 나왔다.

"어떻게 할 텐가? 우리 집으로 갈까, 아니면……."

"그냥 테오 할머니 집에 내려 주세요."

아무래도 수회를 찾기 위해서는 가방을 잃어버린 곳에 있어야 할 것 같았다.

"그래, 경찰서에서 연락이 오면 즉시 달려올게. 힘들겠지만 마음 편하게 가지고 기다려 봐."

선교사가 테오 할머니와 나를 내려 주고 돌아갔다.

붉은 해가 지평선으로 떨어지고 있었다.

# 10
## 돈, 돈, 돈

밤새도록 수회가 눈앞에 나타났다. 수회가 환하게 웃으며 방문 앞에 서 있는가 하면 금방 머리맡에 앉아서 측은한 눈빛으로 나를 내려다보기도 했다. 아침에 일어나니 옷이 흠뻑 젖어 있었다. 정말 머리가 돌아 버리는 것 같다. 해가 높이 떴지만 일어날 수 없었다. 아니, 일어나고 싶지 않았다.

"선생님!"

밖에서 아이들 소리가 났다. 싫다. 너희들도 다 싫어. 난 너희 선생이 아니란 말이야! 나는 꼼짝하지 않고 누워 있었다. 테오 할머니가 아이들한테 뭐라고 하는 소리가 들렸다. 그래도 아이들은 내 방문을 한참이나 두드렸다.

나는 그대로 누운 채 이제부터 어떻게 해야 할지를 생각해 보았다. 이대로 한국에 돌아간다? 그럴 수는 없다. 미션을 수행하지 못하면 수회에게 미안하다. 그렇다고 수회의 유골을 찾지 못하면 킬리만자로에 갈 필요가 없다. 생각하면 할수록 분통이 터졌다. 도저히 견딜 수가 없어서 벌떡 일어나 경찰서로 뛰었다.

"범인을 아직 못 잡았나요?"

"무슨 일입니까?"

어제하고 다른 경찰이었다.

"어제 가방을 도둑맞았다고 신고했어요. 빨리 찾아 주세요."

경찰이 서류를 뒤적거리다가 말했다.

"미안합니다. 아직은……. 지금 찾고 있으니 곧 찾을 수 있을 겁니다."

나는 경찰서 문을 거칠게 밀고 나오며 소리쳤다.

"웃기고 있네. 어떻게 곧 찾을 수 있단 말이야?"

가만히 앉아서 신고를 기다리고 있는 경찰보다는 내가 직접 찾아 나서는 게 나을 것 같았다. 어쨌거나 범인은 이 마을 사람들일 테니까. 이 집 저 집을 기웃거리며 다녔다. 사람들이 호기심 가득한 눈으로 쳐다보았다. 나는 용기를 내어 사람들에게 물었다.

"가방을 잃어버렸어요. 파란 가방인데 혹시 못 보셨나요?"

나는 심각하게 묻는데 사람들은 고개를 저으며 장난처럼 실실 웃었다. 마치 내 가방을 숨겨 두고 일부러 골탕을 먹이는 것 같았다. 그러나 낯선 곳에서 내가 할 수 있는 일은 이것뿐이다.

"파란 가방을 찾아요. 혹시 못 보셨나요?"

처음에는 말이 잘 나오지 않더니 사람들을 붙잡고 자꾸 반복하자 나중에는 나도 모르게 저절로 말이 나왔다. 얼마나 헤매고 다녔는지 목이 마르고 발이 아팠다.

"얘들아, 파란 가방 못 봤니? 이렇게 메고 다니는 가방 말이야. 너희 친구 중에 낯선 가방을 가지고 있는 애들을 보면 좀 알려 줘. 꼭 부탁한다."

동네를 돌아다니자 아이들이 구경이라도 난 듯 내 뒤를 졸졸 따라다녔다. 걷고 또 걸으며 동네 집집마다 다 돌아다녔다. 다시 테오 할머니 집으로 돌아오니 혀가 갈라지고 입술이 바짝 타들어 갔다. 힘없이 방문턱에 기대어 앉으니 세상이 멈춰 버린 듯 사방이 조용했다.

'수희야, 어디에 있니? 제발 가르쳐 줘. 응?'

그때였다. 자네트가 집 안으로 고개를 쏙 내밀었다. 자네트는 내 손바닥에 자기 손바닥을 대어 보던 귀여운 아이다.

"자네트!"

자네트의 얼굴이 금세 사라졌다. 내가 일어나 몇 걸음 떼자 자네트의 얼굴이 또 쏙 나타났다.

"자네트, 이리 와."

자네트가 내 옆으로 살금살금 다가왔다. 그러고는 내 손을 잡고 이끌었다. 나는 자네트의 손을 뿌리치지 못하고 따라갔다. 나를 이끌고 가는 자네트는 잰걸음에 숨만 쌕쌕거릴 뿐 아무 말도 하지 않았다. 그렇게 얼마 동안 걷다가 어느 집 앞에 멈추었다. 자네트는 그 집을 손가락으로 가리키고는 재빨리 달아났다. 자네트를 쫓아갈까 하다가 이상한 생각이 들어 집 안을 살폈다. 집 안은 조용했다.

"계세요?"

문이 열리고 눈이 움푹 들어간 남자가 고개를 내밀었다. 그때 집 뒤쪽에서 어떤 남자애가 쏜살같이 뛰어나와 밖으로 달아났다. 얼핏 보기에 내 또래쯤 되어 보였다. 뒤따라가려고 했지만 아이는 벌써 보이지 않았다.

"방금 나간 사람이 누구예요?"

"내 아들이오. 무슨 문제 있어요?"

다행히 그 남자는 영어를 할 줄 알았다.

"아니에요. 혹시 파란 가방 하나 못 보셨나요? 가방을 잃어버려서……."

"못 봤소."

남자가 표정 없는 얼굴로 문을 닫았다. 나는 하는 수 없이 돌아섰다. 그러나 뭔가 찜찜했다. 자네트를 찾아보기로 했다. 학교로 갔다. 그레이스 선생님이 혼자 교실에서 청소를 하고 있었다.

"자네트가 어디 사는지 아세요?"

"물론 알지요."

"자네트를 만나고 싶어요."

나는 그레이스 선생님과 함께 자네트 집으로 갔다. 그러나 자네트는 없었다. 한참을 기다려도 자네트는 돌아오지 않았다. 하는 수 없이 내일을 기약하고 돌아올 수밖에 없었다. 그레이스 선생님과 헤어져서 돌아오다가 혹시나 하고 아까 자네트가 가르쳐 준 집 앞으로 갔다. 무작정 집 앞에서 기다렸다. 그 녀석이 왜 나를 보고 쏜살같이 도망을 쳤는지 궁금했다. 녀석의 아버지는 내가 다시 찾아가자 퉁명스럽게 물었다.

"왜 그러시오?"

"아까 집 뒤쪽에서 뛰어나가던 애, 그 애를 찾아왔어요. 저는 그 애를 꼭 만나야 해요."

"아직 안 들어왔어."

나는 집 앞에서 기다렸다. 놈이 틀림없이 내 가방을 훔친 것 같았다. 그렇지 않고서야 자네트가 이 집까지 나를 이끌고 올 리가 없었고 또 그놈이 나를 보고 달아나지도 않았을 것이다.

날은 저물어 가는데 아무리 기다려도 녀석은 오지 않았다. 이 밤을 꼬박 새우더라도 그 녀석을 만나고야 말리라. 해가 저물자 금세 주위가 캄캄해졌다. 집 안에서 문틈으로 불빛이 가늘게 새어 나오고 있었지만 밀려오는 어둠을 밀어내기에는 역부족이었다. 홀로 바깥에 서 있으니 암흑의 세계가 어떤 것인지 정말 실감이 났다.

어둠의 농도가 짙어 갈수록 두려움이 밀려왔다. 어떻게 할까?

일단 돌아갔다가 날이 새면 다시 올까? 그러다 놈을 놓치면 큰일이다. 아니야, 녀석이 가방을 훔쳤다고 해도 값나가는 게 없으니 그것 때문에 멀리 달아날 것 같진 않았다. 나는 더 이상 짓누르는 어둠을 이길 수 없어서 발길을 돌렸다.

서울의 밤거리가 생각났다. 밤의 어둠이 무색한 그곳. 언제나 불야성을 이루는 그곳은 밤이 되면 오히려 자유를 느끼게 했다. 자정이 넘어서도 학원가 구석구석에 모여서 담배를 피우고 시시껄렁한 잡담을 하고, 자웅동체인 양 붙어서 연애를 했다. 가끔씩 지나가는 어른들은 힐끔거리며 걸음을 재촉할 뿐, 우리는 어둠의 자식이 아닌, 불빛 아래 배회하는 전등 밑의 자식들이었다. 어쨌거나 지금은 친구들과 헤매던 강남 학원가가 그립다. 나는 녀석을 만나지 못한 것이 못내 아쉬워 어둠 속을 자꾸 되돌아보며 돌아왔다.

마당에 들어서자 빠끔한 불빛 아래 테오 할머니와 테오가 동그마니 앉아서 나를 기다리고 있었다.

"테오야, 이리 와."

할머니하고는 말이 통하지 않으니 테오에게 물어볼 참이었다.

"테오야, 너 오늘 학교에서 자네트한테 무슨 말 못 들었어?"

"무슨 말이오?"

"내 가방 이야기."

"아니요."

"그럼, 너 저 밑으로 내려가다가 길가에 붙어 있는, 문에 검은 페인트를 칠한 집 알지?"

"스탠리 집이오?"

"스탠리 집?"

"네. 스탠리 집이에요."

"그 집에 아들이 있지?"

"스탠리예요. 스탠리 아빠가 병이 들어서 곧 죽을 거래요. 스탠리 엄마도 죽었어요. 스탠리는 화를 잘 내요. 길을 가다가 아이들을 만나면 막 때리기도 해요."

테오의 이야기를 듣고 나니 자네트가 왜 그 집 앞에서 달아났는지 알 것 같았다. 그렇다면 자네트가 내 손을 끌고 그 집까지 갔을 때는 분명히 뭔가가 있다는 뜻이다. 이런 내 짐작이 맞아떨어진다면 나는 수회를 찾을 수 있다. 한 가닥 희망이 생긴 것이다. 일찍 자고 내일 새벽에 다시 찾아가리라.

거의 뜬눈으로 밤을 지새웠다. 신경은 극도로 날카로워졌고 머리는 돌덩이가 든 것처럼 무거웠다. 드디어 새벽의 푸른 여명이 서서히 어둠을 갈랐다. 나는 벌떡 일어나 달음질쳤다. 먼저 자네트 집으로 뛰었다.

"자네트!"

내가 문을 두드리자 자네트가 잠이 덜 깬 눈을 비비며 나왔다.

"자네트, 일찍 찾아와서 미안해. 나랑 얘기 좀 하자."

나는 자네트의 손을 잡고 마당에 앉았다. 자네트의 엄마가 나왔다. 눈매가 선하게 생긴 부인이었다. 자네트가 엄마에게 나를 소개했고, 나는 자네트에게 물어볼 말이 있다고 했다. 다행히 자네트 엄마는 이른 아침 손님에게 웃으며 고개를 끄덕였다.

"자네트, 어제 그 집이 스탠리 집 맞지?"

"네."

"네가 나를 좀 도와줘. 나는 그 가방을 꼭 찾아야 해. 부탁이야."

"내 친구 도미닉이 말해 줬어요. 스탠리가 가방을 훔쳤는데 그 가방에 핸드폰도 있었다고요. 그런데 스탠리가 그 말을 하면 죽이겠다고 했대요."

"자네트, 고마워! 절대로 너한테 들었다는 말 안 할게."

나는 일어나서 뛰었다.

그 집 앞에 이르러 문을 세차게 두드리자, 어제 나를 보고 달아났던 녀석이 눈을 비비며 나타났다. 나는 바짝 다가가 다짜고짜 손목을 움켜잡았다.

"스탠리, 내 가방 어디 있지?"

녀석이 손목을 빼려고 한 손으로 문을 잡고 버텼다. 나는 다른 손으로 멱살을 잡고 흔들었다. 녀석이 주먹으로 내 머리를 치며 발길질을 해 댔다. 나는 손에 힘을 주어 목을 조였다. 녀석이 캑캑거렸다.

"말해. 내 가방 어디 있어?"

녀석이 점점 더 거칠게 발길질을 하며 주먹을 날렸다. 나도 힘껏 녀석의 얼굴을 쳤다. 녀석의 코에서 코피가 주르륵 터져 나왔다.

"빨리 말하란 말이야. 내 가방 어디에 뒀어?"

나는 녀석을 깔고 앉아서 사정없이 내리쳤다. 정말이지 어디서 그런 힘이 솟았는지 모르겠다. 녀석은 끈질기게 입을 열지 않았다. 그때였다.

"앗!"

정신이 아득해지면서 손에 힘이 풀렸다. 뒤통수와 어깨에 고통이 느껴졌다. 아, 이대로 죽을 수는 없다. 살아야 한다. 살아야 한다……. 나는 이를 악물고 주먹을 쥐었다. 뒤에서 비쩍 마른 녀석의 아버지가 몽둥이로 나를 내리치고 있었다. 나는 돌아서며 힘껏 밀었다. 머리가 깨질 듯이 아팠다. 나자빠져 있던 스탠리가 일어나서 또 내게 달려들었다. 나는 인정사정없이 놈을 갈겼다. 결국 놈은 지쳤는지 더 이상 달려들지 못하고 뻗었다. 스탠리의 아버지가 나를 노려보더니 녀석을 향해 소리쳤다.

"뭘 훔쳤어? 빨리 돌려줘."

스탠리가 부스스 일어나서 집 뒤로 돌아갔다. 나는 녀석을 놓칠까 봐 팔을 뻗쳐서 잡을 수 있을 만큼 따라붙었다. 녀석이 뒷마당에 놓인 나무 상자에서 내 가방을 꺼냈다. 나는 재빨리 가방을 받아서 열었다. 가방은 텅 비어 있었다.

"이 속에 있던 물건은 어디 있어?"

녀석이 주머니 속에서 내 샤프를 꺼내서 던졌다.

"나머지는?"

이번에는 비칠거리며 집 안으로 들어갔다. 나는 뒤따랐다. 찌든 침대와 다 떨어진 옷가지가 널려 있는 방구석에서 녀석은 전자 사전과 큐브를 찾아내어 건네주었다.

"수회는? 아니, 여기 있던 봉투는?"

"버렸어."

"뭐, 버렸어? 어디에!"

"몰라."

"야, 뭐야? 어디에 버렸어! 빨리 말해!"

"찰스가 가져갔어. 핸드폰하고 같이."

정말이지 미칠 것 같았다.

"가자, 그놈한테."

"찰스 지금 없어. 몸바사에 있는 형한테 갔어."

"어유. 이 새끼가 정말!"

죽이고 싶었다.

나는 윽박지르며 놈을 끌고 찰스라는 녀석의 집으로 갔다. 그러나 그놈의 집에서도 수회를 찾을 수 없었다. 나는 놈의 아버지와 놈에게서 찰스가 오면 반드시 내 물건을 찾아 준다는 약속을 받아 내고는 비틀거리며 집으로 돌아왔다. 세상에 어떻게 이런 일이 있을까?

침대에 누우니 머리가 터질 듯이 아팠다. 만져 보니 정수리에 달걀만 한 혹이 나 있었다. 온 등짝이 불붙은 듯 달아오르며 욱신거려서 견딜 수 없었다. 웃통을 벗고 바닥에 등을 대니 쓰리고 아팠다. 다시 바닥에 엎드렸다. 갑자기 앞이 아득해지면서 어금니에 힘이 들어갔다. 하늘땅에 맹세코, 수회를 훔쳐 간 녀석들을 절대 용서하지 않으리라!

테오 할머니가 내 모습을 보고 깜짝 놀라서 무슨 일이냐고 묻는 모양인데, 나는 알아들을 수 없어서 고개만 저었다. 할머니가 소리쳐 테오를 불렀다. 어린 테오가 내 말을 전했다. 할머니가 물수건을 가지고 와서 얼굴과 머리, 등의 상처 부위를 조심스럽게 닦아 주었다. 할머니가 쉰 목소리를 내며 안타깝게 내 손을 어루만졌다. 나는 할머니의 손을 꼭 쥐었다. 비록 말은 통하지 않지만 할머니의 그 거친 손길에서 전해 오는 위로와 사랑을 느낄 수 있었다.

"마마, 땡큐!"

나는 할머니 품에 안겨 엉엉 울어 버리고 말았다.

그때였다. 경찰관 두 명이 집 안으로 들어섰다.

"네가 스탠리와 스탠리 아버지를 때렸지?"

미처 옷을 입을 사이도 없었다. 눈이 툭 불거져 나와 불도그처럼 생긴 경찰이 다짜고짜 나를 일으켜 세웠다. 나는 엉겁결에 옆에 벗어 둔 티셔츠와 점퍼를 입었다. 철컥, 손목에 차가운 느낌이 들었다. 수갑이다! 내 손목에 검은 수갑이 채워진 것이다. 테오 할머니가 달려들어 뭐라고 사정을 했다. 그러나 경찰은 나를 밖으로 밀었다. 나는 몹시 당황했지만 이미 고양이 앞에 쥐라는 사실을 깨달았다. 나를 경찰서로 끌고 갈 모양이다. 경찰들은 나를 앞세우고 뒤에서 터벅터벅 걸어오며 뭐라고 지껄였다. 나는 너무 놀라고 당황해서 허공을 걷는 것처럼 균형을 잃고 휘청거렸다. 꼭 팔려 가는 나귀 새끼처럼 고개를 축 늘어뜨리고 붉은 길을 걸어가는 내 모습이 한심스러워 미칠 것 같았지만 그것도 이내 체념하고 묵묵히 걸었다. 길가에 붙어 선 게딱지 같은 집들에서 연기가 피어올랐고, 사람들이 끌려가는 내 모습을 하릴없이 바라보았다. 이미 붉은 태양은 지평선에서 서너 뼘이나 올라와 있고 습기를 머금은 아침 대지는 내 암울한 심정만큼이나 검붉게 타올랐다.

경찰서에 도착한 후, 곧바로 취조가 시작되었다.

"이름은?"

"윤성민."

"나이는?"

"열여덟."

"국적은?"

"대한민국."

"우리나라에 온 목적은?"

"여행."

"스탠리와 그의 아버지를 왜 때렸지?"

나는 정신을 차리고 아침에 벌어진 일을 차분하게 이야기했다. 정말이지 경찰들 앞에서 주눅 들고 싶지 않았지만 나도 모르게 중간중간 소리가 잦아들어서 민망했다. 더 깊게 호흡을 끌어올리며 스스로에게 말했다. 윤성민, 떨지 말자. 정신 똑바로 차리고 어떻게든 이 지옥을 벗어나자, 하고 암시한 순간, 생각지도 않은 용기가 생겨났다.

"당신들 너무하지 않아요? 내 가방을 훔쳐 가지 않았다면 이런 일이 없었을 거예요. 게다가 나도 그놈들에게 맞았단 말이에요."

소리치며 옷을 벗고 등을 돌려 댔다.

"내 뒤통수와 등을 보란 말이야!"

경찰이 씩, 웃으며 내 등을 손으로 꾹꾹 눌렀다.

"하쿠나 마타타."

문제가 없다고? 난 지금 온몸이 터질 듯이 아프단 말이야!

"아, 아. 아파요……. 제발 돌아가게 해 줘요."

어느새 나는 애원에 가까운 목소리로 울부짖었다. 그러나 경찰들은 매몰차게 나를 끌고 가 경찰서 한쪽에 있는 유치장에 가두었다. 그래, 나도 이제 지쳤다. 너희들 맘대로 해라. 나쁜 놈들,

자기들이 잡지 못한 도둑놈을 잡아 주었으면 '용감한 시민 상'은 주지 못할망정……. 난 죽을 때까지 네놈들을 저주할 테다.

먼저 유치장에 갇혀 있던 두 사람이 재미있다는 표정으로 나를 바라보았다. 나는 죽은 듯이 바닥에 누워 버렸다.


얼마나 시간이 흘렀을까, 선교사와 영아 누나가 왔다.

"어떻게 선교사님이?"

영아 누나의 눈에 눈물이 비쳤다. 나도 두 사람을 보자 눈시울이 붉어졌다.

"경찰서에서 연락이 왔어. 성민이가 스탠리와 스탠리 아버지를 때렸다는데, 정말이야?"

"그놈이 내 가방을 훔쳐 가서……."

"그래도 그렇지 왜 사람을 쳐? 자네는 이방인이야. 그러니까 경찰들은 우리 편이 아니야. 가재는 게 편이라고. 모두 자기네들 편이지. 아마도 그 사람들이 돈을 요구할 거야."

돈, 돈, 돈 때문에 무고한 사람을 경찰서에 가두었단 말이야? 기가 막혀서 말이 안 나왔다.

"야, 너 도대체 가방에 뭐가 들어 있는데 그 야단이야?"

"누나가 뭘 안다고 그래요."

알지도 못하고 핀잔을 주는 누나를 보니 더욱 화가 났다. 하긴, 다른 사람이 볼 때는 내가 정상이 아니겠지. 그렇다고 여자 친구 유골을 잃어버렸다고 하면 더 미친놈 취급할 테고……

"나도 고소할 거예요."

선교사가 내 상처를 보고 난감한 표정을 지었다.

"먼저 내가 경찰을 만나서 얘기해 보고 스탠리 아버지도 만나 보겠네. 힘들더라도 조금만 참고 기다려 봐. 그리고 자네는 지금 남의 나라에 와서 잡혀 있다는 사실을 잊지 말고."

선교사가 경찰을 만나 이야기하는 동안, 영아 누나는 유치장 밖에 쪼그리고 앉아 눈물을 찍어 냈다. 선교사가 스탠리 집으로 가고, 영아 누나는 내 옆을 지키겠다며 남았다.

"누나도 가요."

"저놈들이 널 때리면 어떡해. 여기서 널 지키고 있을래."

누나가 아예 유치장 옆으로 의자를 들고 와서 앉았다. 그 모습을 보고 경찰들이 빙글거리며 물었다.

"여자 친구?"

"됐네요, 나쁜 놈들아!"

영아 누나가 우리말로 소리를 쳤다. 놈들은 누나를 보고 실실 농담을 했다. 참, 묘한 인생에 묘한 만남이다. 어쩌다가 영아 누나와 내가 동행이 되어 유치장 철창을 사이에 놓고 이렇게 마주 앉은 신세가 되었는지!

"성민이 너, 집 생각나지?"

"……"

가만히 생각해 보니 내가 이제껏 살아온 날들은 엄마하고 성연 누나를 떼 놓고는 그림이 되지 않았다. 우리 세 식구는 한 둥지 안에서 울며 웃으며 살아왔다. 날마다 부딪히는 둥지 안의 생활에서 벗어나고 싶을 때가 많았지만 이렇게 벗어나 보니, 그야말로 둥지를 잃은 고독한 새 한 마리가 되었다. 엄마, 성연 누나⋯⋯. 엄마, 엄마⋯⋯.

경찰들이 우갈리 한 덩이를 가져다주었다. 도저히 그 깔깔한 것이 목구멍으로 넘어가지 않았다.

"야, 억지로라도 먹어!"

이건 영화에서 보던 장면이다. 살기 위해서는 이 옥수수 가루 한 덩이를 먹어야 한다. 내가 먹기 싫어서 외면했던 그 수많은 음식 중에 이런 밋밋하고 저렴한 음식은 없었다. 불고기, 갈비, 버거, 내가 좋아하는 물냉면이 눈앞을 스쳤다. 영아 누나가 지켜보고 있어서 마지못해 우갈리를 꾸역꾸역 입속으로 다 욱여넣었다.

선교사가 돌아왔다.

"내 생각대로야. 스탠리 아버지가 처벌보다는 돈을 요구하더군."

"왜 내 가방을 훔쳐 간 도둑놈에게 돈을 줘요?"

도저히 이해할 수가 없었다. 원인 제공은 그쪽에서 했는데.

"억울한 것은 알지만, 우리가 고소를 한다고 해도 우리 이야기를 잘 들어주지 않아. 어쨌든 여기서 해결해야지 몸바사 본청에까지 넘어가면 오랫동안 무척 고생하게 돼. 자, 저들이 얼마를 요구하는지 들어 보기나 하자고."

선교사가 경찰과 나를 달래느라고 중간에서 땀을 뺐다.

"스탠리가 한 도둑질에 대해서는 우리가 처벌할 겁니다. 그러나 두 사람이 폭행을 당했으니 요구대로 돈을 주고 합의를 해야 합니다. 벌금도 내야 하고요."

경찰이 나를 빤히 보며 말했다.

"얼마를 달래요?"

나는 경찰의 눈길을 피해 선교사에게 물었다.

"그건 아직 몰라."

그래, 돈을 주어 버리자. 어떻게 하든, 빨리 이곳을 탈출하는 게 나을 것 같았다. 나는 선교사에게 달러를 아프리카 실링으로 바꿔 달라고 부탁했다.

"저는 여기 있을게요."

영아 누나가 앉은 채로 선교사를 바라보며 말했다.

"안 돼. 밤에는 경찰도 믿을 수 없어."

"얘를 혼자 두고 어떻게……"

영아 누나가 또 눈물을 글썽거렸다.

"전 괜찮아요. 빨리 가요."

"그래도⋯⋯."

영아 누나가 안쓰러운 눈길로 나를 바라보며 선교사를 따라 나섰다. 막상 선교사와 영아 누나가 떠나고 다시 혼자가 되자 무서웠다. 나는 잔뜩 경계하며 한쪽에 누웠다. 같이 갇혀 있던 한 사람이 끌려 나가서 조사를 받는 것 같은데 경찰들이 무지막지하게 대했다. 말을 하는 중간중간 방망이로 내리치며 윽박을 질렀다. 경찰이 방망이를 내리칠 때마다 내 몸도 움칠거렸다. 조사는 다른 곳에 가서 하면 안 되나? 콧구멍만 한 경찰서에, 한쪽은 조사실이고 한쪽은 유치장이어서 더 겁이 났다. 저녁때가 되니 경찰이 또 우갈리 한 덩이를 밀어 넣어 주었다. 배는 고팠지만 속이 아프고 시큼한 물이 자꾸 올라와서 먹을 수 없었다. 온몸에서 열이 나는데도 춥고 떨렸다. 내 방에 누워 있는 것 같은 생각이 들기도 하고, 엄마와 성연 누나의 얼굴이 보이다가 아버지 얼굴도 보였다. 수회를 애타게 찾기도 하고, 수회가 나를 찾는 소리도 겹쳐 들렸다. 재성이 녀석이 "어이, 윤성민, 부르주아 녀석아." 하고 놀리는 소리도 들렸다. 그러나 설핏 정신이 들어 눈을 떠 보면 더럽고 냄새나는 유치장 안이다. 목이 타들어 가듯 말랐다. 내가 끙끙대는 소리를 들었는지 경찰들이 몇 번 들어와 머리를 만져 보며 뭐라고 지껄였다.

아침에 선교사와 부인이 왔을 때 나는 거의 탈진 상태로 기진 맥진해 있었다. 선교사 부인이 하얀 쌀죽을 쒀서 가져왔다. 그

죽을 먹고 나니 힘이 좀 났다.

"스탠리 아버지를 다시 만나 봐야겠네. 그 사람들이 요구하는 액수가 정확히 얼마인지, 어쨌든 오늘은 합의를 봐야지."

선교사의 입술도 바짝 말라 보였다. 초대한 적도 없는 인간이 뜬금없이 나타나서 속을 태우는 것 같아 많이 미안했다.

"선교사님. 저 때문에…… 죄송합니다."

"죄송하긴, 자네가 무슨 잘못이 있다고."

이래서 세상이 공평하다고 하는 건가? 패 죽이고 싶도록 나쁜 놈들이 있는가 하면 반대로 이렇게 천사표인 사람들도 있으니까.

그 사람들이 요구한 돈은 8천 실링. 그리고 벌금으로 내야 할 돈이 4천 실링이었다. 미련 없이 돈을 줘 버리고 지친 몸으로 유치장에서 풀려났을 때는 이미 해가 지고 있었다. 경찰서 문을 나서며 나는 침을 뱉었다.

# 11
## 고치 속에 갇힌 애벌레

꿈을 꾸었다. 꿈속에서 작고 단단한 껍질에 갇혀 있는 애벌레를 보았다. 그 애벌레는 몸뚱이를 꼼지락거리며 밖으로 나오려고 애를 썼다. 그러나 껍질을 깰 수가 없었다. 애벌레의 여린 몸뚱이에 흐르던 물기가 점점 말라 갔다. 내리쬐는 햇빛에 애벌레는 점점 쪼글쪼글 번데기로 굳어 갔다. 나는 그 모습이 너무 안쓰러워 번데기가 들어 있는 고치를 힘껏 던져 버렸다.

'안 돼!'

애벌레의 외침에 나는 눈을 번쩍 떴다.

"야, 괜찮아?"

영아 누나의 목소리였다.

"너, 끙끙 앓는 소리가 아래층까지 들려서 올라와 봤어."

창밖이 희뿌옇게 밝아 오고 있었다.

"누나, 꿈에서 애벌레를 봤어요."

"애벌레?"

"네, 고치 속에 갇힌 애벌레를 구해 주려고 힘껏 던졌는데."

"저런, 던지면 안 되지. 기다려야지. 그래야 날개가 돋아서 훨훨 날아가지."

"아, 그렇구나. 그런데 왜 난 던져 버렸지?"

"애벌레의 고통을 보는 게 무서웠겠지."

"네, 무서웠어요."

"그래, 무서워! 우리에겐 아직 세상이 무섭고 버거운 것 같아. 성민아, 나 발런티어 그만두고 집으로 돌아갈 거야."

"왜요?"

"이제 환상에서 깨어났거든. 난 처음부터 남자 친구한테 배신당하고 아프리카를 도피처로 삼았던 거야. 오염된 문명 세계를 떠나 원시림에 안기면 아픈 마음이 자연 치유가 될 줄 알았어. 그러니까, 한마디로 아프리카는 내 환상이었어. 이제 내 환상은 깨졌어."

"……."

"사람이 세상을 살아가는 것은 엄연한 현실일 뿐, 환상은 없어. 오직 생존을 향한 몸부림만 필요할 뿐이지. 난 솔직히 여기서 살아갈 자신이 없어. 그리고 애초에 내가 이곳에 와서 봉사를 하겠다는 것 자체가 괜한 우월감에서 시작된 위선이고 가식이라는 걸 깨달았어. 이제 다시 돌아가 떳떳하게 정면으로 도전할 거야. 비겁하게 살지도 않을 거고. 먼 훗날에, 어느 정도 나 자신이 완성된 뒤에 이곳에 다시 오고 싶어. 환상이 아닌 진정한 삶을 나눌 수 있을 그때에……."

"나도 빨리 돌아가고 싶어요."

"그래, 돌아가자. 가서 당당하게 부딪혀 보자. 우린 아직 젊잖아."

누나가 가만히 내 손을 잡았다.

"누나?"

"응?"

"그 사람 정말 사랑했어요?"

"그게 사랑이라면……."

"그래도 그 사람은 살아 있잖아요."

말을 해 놓고 보니 나도 모르게 울컥했다.

"왜 그래?"

영아 누나도 설핏 눈물이 돌았다. 나는 누나의 눈을 피해 자리를 털고 일어났다. 내 속을 누나에게 쏟아 놓으면 걷잡을 수 없을 것 같았다. 아래층으로 내려가니 아침 준비를 하고 있던 선교사 부부가 활짝 웃으며 반겨 주었다.

"고생 많았네."

"힘들었죠?"

선교사 부인도 눈물까지 글썽이며 기뻐했다.

160

"자, 성민 군이 일어났으니 아침은 간단하게 먹고 점심은 야마초마로 축하 파티를 합시다."

선교사가 일부러 목소리를 높이며 유쾌하게 말했다. 아침을 먹은 후에도 나는 줄곧 누워 있었다.

점심때가 다가오자 대나무가 촘촘히 둘러선 뒷마당으로 나가 모두들 부지런히 준비를 했다. 나는 자꾸만 비틀걸음이 나서 앉아 있었다. 선교사가 준비한 염소 고기를 달구어진 불판에 얹었다. 고기 굽는 연기가 퍼지기 시작하자 동네 사람들이 대나무 사이사이로 설핏설핏 보이기 시작하더니 여기저기서 손을 쑥쑥 내밀었다. 고기 냄새를 맡고 모여든 것이다. 이곳은 고기값이 무척 싸지만 생활이 어렵다 보니 그 맛을 보기가 쉽지 않다고 했다. 선교사와 부인이 내민 손바닥에 익은 고깃덩이를 올려 주었다. 사람들은 뜨거운 줄도 모르고 덥석덥석 고기를 받았다. 그렇게 한 바퀴 돌면서 거의 나누어 주었을 때, 어떤 청년이 소리를 치며 뛰어들었다.

"음충가지, 큰일 났어요."

선교사가 깜짝 놀라서 급히 나갔다. 이미 앞마당에는 많은 사람들이 모여서 웅성거리고 있었다. 나도 무슨 일인가 궁금해서 비칠거리며 틈새로 들어갔다. 선교사가 부엉이 한 마리를 안고 웃고 있었고 그를 둘러싸고 있는 마을 사람들은 무척 심각한 표정이었다.

"부엉이잖아요."

"응. 옆집 마당으로 부엉이 한 마리가 날아왔는데, 부엉이가 사탄이라고 저렇게 놀라고 있는 거야. 부엉이가 들어온 집은 누가 죽어도 죽는다고 야단이라네. 이게 문화상대주의라는 건가? 이 점잖은 부엉이를 왜 사탄이라고 하는지 참……."

"아, 그래요."

텔레비전이나 책에서만 본 부엉이를 가까이에서 보니 신기했다. 노란 단추 같은 둥근 눈을 껌벅이며 날개를 오므리고 있는 부엉이의 모습이 선교사의 말처럼 무척 점잖게 보였다.

"마당에다 큼직한 우리를 지어야겠네. 그래서 옆집 사람들과 마을 사람들로부터 부엉이의 누명을 벗겨 주어야겠어."

선교사가 부엉이 다리를 묶어 놓고 철망을 둘러서 우리를 짓기 시작했다. 부엉이도 놀랐는지 눈을 끔뻑이며 가만히 있었다. 사람들이 걱정스러운 모습으로 지켜보고 있었다. 선교사가 대충 기둥을 박고 철망을 둘렀다. 선교사가 부엉이를 우리 안에 넣고 모여 선 사람들에게 활짝 웃으며 손을 흔들었다.

"하쿠나 마타타!"

하지만 사람들은 여전히 걱정스러운 얼굴이었다.


고기를 실컷 먹고 저녁때까지 푹 자고 났더니 몸이 좀 나은 것 같았다. 이제 내일부터는 수회를 찾아야 한다. 그 나쁜 놈들을 또 만날 생각을 하니 이가 갈렸지만 이건 내가 해야 할 일이다.

다음 날 아침을 먹고 스탠리를 만나러 집을 나섰다. 스탠리 집에 가 보니, 굴속 같은 방에 스탠리 아버지가 마른 뼈다귀 같은 모습으로 누워 있었다. 저 인간 때문에 고생한 것을 생각하면 동정심도 생기지 않았다.

"스탠리 어디 갔어요?"

그래도 양심은 있는지 스탠리 아버지는 내 눈을 똑바로 쳐다보지 못하고 고개만 저었다. 나는 내 물건을 가져갔다는 찰스네 집으로 갔다. 마침 그 집에 스탠리와 찰스가 함께 있었다.

"내 물건 어디 있어? 이제 돌려줘."

찰스가 말했다.

"버렸어."

"버려? 어디에?"

"산에."

"뭐야? 이 새끼가!"

눈알이 튀어나올 것 같았다.

"잠깐, 내가 가르쳐 줄게."

옆에 있던 스탠리가 나섰다. 나는 두 놈의 멱살을 한꺼번에 잡아끌었다. 이놈들을 여기서 놓친다면 영영 수회를 찾지 못할 것이다.

"빨리 말해."

"놔, 놓으라고!"

"안 돼, 절대로!"

나는 두 놈을 노려보며 멱살 잡은 손을 거세게 잡아 당겼다. 두 놈이 버티자 내 몸이 휘청거렸다. 나는 이를 악물었다.

"난 너희를 죽일 수도 있어. 빨리 말해!"

눈에서 불이 일었다.

"돈을 주면."

찰스가 인상을 쓰며 말했다.

"돈? 이 쓰레기 같은 놈들아. 돈밖에 모르는 개자식들아!"

나는 놈의 옆구리를 세게 걷어찼다. 녀석이 비틀거리며 몸을 숙였다. 그러나 이상하게도 두 놈 다 나한테 대항하지 않았다. 놈들에게 뭔가 꿍꿍이속이 있는 게 분명했다. 그렇다면 이놈 말처럼 돈이다. 스탠리 녀석처럼 이 녀석도 돈을 바라고 있는 거다. 나는 눈에 힘을 풀고 목소리를 낮췄다.

"너희들, 정말 돈만 주면 돌려줄 거야?"

놈이 계면쩍어하면서 고개를 끄덕였다. 정말 구역질이 나올 만큼 뻔뻔한 놈들이다. 하지만 우선 급한 것부터 해결하려면 이들의 요구를 들어주는 게 나을 것 같았다.

"야이, 새끼들아. 그렇게 돈이 좋아. 그래, 찾아만 준다면 돈을 주겠어. 돈 줄 테니까, 빨리 돌려줘."

찰스가 히죽 웃으며 주머니에서 핸드폰을 꺼내어 내밀었다.

"가방에 있던 봉투는?"

"몰라. 이것밖에 없어."

"이 새끼가. 봉투 어떻게 했어?"

"그게 뭔데?"

"알려고 하지 마. 어쨌든 나는 그 봉투를 꼭 찾아야 해."

"정말 돈을 줘야 해."

"알았어. 돈 줄 테니까 빨리 주기나 해."

"따라와."

놈이 밖으로 나갔다. 나는 재빨리 그놈의 팔을 잡았다. 놈들은 마을 뒤에 있는 산으로 갔다. 산은 야트막했다. 산을 오르는 길목에 여기저기 굵은 가시나무들이 많아서 조심하지 않으면 그대로 찔릴 것 같았다. 두 놈들은 조리 슬리퍼를 신고도 잘도 걸었다.

"아얏!"

운동화를 신었는데도 두 군데나 가시에 찔렸다. 한 군데는 제법 굵은 가시가 운동화를 뚫고 올라와 박혔다. 가시를 빼자 발바닥에서 피가 났다.

"너희들 거짓말 아니지?"

나는 다시 한번 눈을 부라리며 물었다.

"만약 거짓말이면 정말 너희 둘 다 죽여 버릴 거야!"

엄포를 놓았지만 두 놈은 눈만 말똥거렸다. 어쨌든 믿고 따라

갈 수밖에 없었다. 이놈들이 나를 가시덤불에 몰아넣고 불을 지른다고 해도 지금 이 방법밖에는 없다. 한참을 그렇게 오른 뒤 놈들이 멈추었다. 그리고 납작한 돌을 들추고 손가락으로 가리켰다. 나도 모르게 눈물이 왈칵 쏟아졌다. 수회를 담았던 봉투가 찢어져서 뼛가루가 땅바닥에 흘러 있었다. 아, 어떡해!

"수회야, 미안해. 정말 미안해!"

나는 창피함도 잊고 두 손으로 수회를 쓸어 담으며 소리 내어 울었다.

"뭐야? 왜 그래?"

스탠리가 내 어깨를 흔들며 물었다.

"이건 내 친구야! 너희들이 내 친구를 버렸어."

나는 가까이 있는 스탠리를 밀치며 소리쳤다.

"네놈들 때문에 하마터면 내 친구를 영영 잃어버릴 뻔했단 말이야!"

두 놈은 눈이 동그래져서 서로 마주 보았다.

"친구?"

두 놈이 고개를 갸웃거렸다.

"그래, 난 내 여자 친구를 킬리만자로에 데려다줘야 해. 그 애가 죽으면서 나한테 부탁했단 말이야."

내가 왜 이놈들한테 이런 얘기까지 하는지 모르겠다. 굳이 내 사연을 말할 아무런 이유가 없는데.

"미안해!"

스탠리의 목소리가 잦아들었다. 한동안 아무도 입을 떼지 않았다.

"미안해. 이걸 훔치려는 게 아니었어. 돈을 훔치려고 그랬어."

"……."

"배가 고팠어. 그래서 도둑질을 했어. 미안해!"

정말 엿 같다. 배가 고파서 도둑질을 했다는 이놈들을 어떻게 해야 하나? 두 놈의 새까만 눈동자를 노려볼수록 한심해서 미칠 것 같았다. 죄는 미워하되 사람은 미워하지 말라고 했지만 이 거지 같은 놈들 때문에 내가 당한 고통과 수회를 잃어버렸던 일을 생각하면 도무지 용서할 마음이 없었다. 그런데 배가 고팠다고? 배가 고파서 도둑질을 했다고!

나는 놈들의 머리통을 쥐어박으며 소리쳤다.

"이 새끼들아, 일을 하면 되잖아."

"무슨 일? 할 일이 없어. 우린 이렇게 살다가 굶어 죽거나 우리 아빠처럼 에이즈로 죽을 거야. 그 생각만 하면 무척 두려워. 난 네 돈을 훔쳐서 나이로비로 도망가려고 했어. 그곳은 도시니까 무슨 일이든 할 수 있을 거라고 생각했어."

스탠리가 고개를 떨구었다.

"너희들 둘 다 부모님이 있잖아. 부모가 자식들을 책임져야 하는 것 아니야?"

"우리 부모님은 책임질 수 없어. 엄마가 에이즈로 죽었지. 아빠도 곧 죽을 거야. 나도 죽고 싶어."

"안 돼. 죽지 마. 죽으면 안 돼."

"살아 봐야 아무런 희망이 없어."

"희망이 없다고? 살아 보지도 않고 희망이 없다고? 너희들이 얼마나 살아 봤는데!"

나는 악을 쓰며 소리쳤다. 이제는 누구라도 수회처럼 죽어서 이렇게 한 줌 뼛가루로 남는 것은 용서하고 싶지 않았다.

"죽으면 안 돼. 살아 있는 사람들이 너무 아프잖아. 그러면 정말 안 되는 거야."

내가 중얼거리자 스탠리가 힘없이 받았다.

"그럼, 넌 살고 싶니? 사람이 아무런 희망도 없이 살아갈 수 있다고 생각하니?"

희망! 갑자기 가슴이 먹먹해졌다. 그래, 저들의 절절한 가난과 결핍에 대해서 무얼 안다고 내가 건방지게 희망을 이야기할 수 있을까?

우리는 내리쬐는 햇살 속에 그렇게 땅바닥에 철퍼덕 앉아 있었다. 오래도록……. 그 누구도 말을 하지 않았다. 아프리카의 저 슬프도록 하얀 햇빛이, 붉은 대지가 미치도록 미울 뿐이다.

나는 떠나기 전에 스탠리를 한 번 더 만나야 할 것 같았다. 왜 그래야만 하는지 나도 모른다. 어쩌면 어제 스탠리가 산에서 내게 했던 말이 내 양심을 건드리고 있기 때문인지도 모르겠다.

"그럼, 넌 살고 싶니? 사람이 아무런 희망도 없이 살아갈 수 있다고 생각하니?"

희망! 스탠리는 희망이 없어서 살 수가 없단다. 그럼 수회도 희망을 잃어버려서 죽었단 말인가? 그럼 그놈들 앞에서 친구의 유골을 보며 눈물이나 흘리고 있던 나는 무엇이란 말인가? 살아가야 할 희망이란 게 무엇일까?

다음 날 나는 스탠리의 집으로 갔다. 스탠리가 나를 보더니 겁먹은 얼굴로 나왔다. 나도 말없이 스탠리를 쳐다보았다. 눈길이 마주치자 누가 먼저랄 것도 없이 씩 웃었다.

"스탠리, 찰스를 불러서 가게에 가자. 내가 맛있는 것 사 줄게."

나는 아이들과 함께 가게에 가서 사모사를 샀다. 셋이서 땡볕이 내리쬐는 마당 귀퉁이에 앉아서 사모사를 먹었다. 나는 그들의 눈동자를 보았다. 맑은 눈동자에서 헤아릴 수 없는 어떤 슬픔이 느껴졌다.

"스탠리, 찰스, 미안하다."

난 용기를 내어 스탠리와 찰스의 손을 잡았다.

함께 손을 잡은 스탠리와 찰스가 웃었다. 나는 어제 수회를 찾아 주면 주기로 약속했던 돈을 내밀었다. 아이들은 어색한 표정으로 돈을 받았다.

"고마워! 네가 준 돈으로 아빠 약도 사고 옥수수도 샀어."

스탠리가 슬그머니 눈을 내리깔았다. 찰스가 손을 내밀었다.

"넌 우리의 친구야!"

나는 찰스의 손을 잡았다. 다른 한 손으로 스탠리의 손도.

"그래, 다 잊어버리자. 우리는 친구다!"

나는 내 아프리카 친구들에게 작별을 고했다.

"잘 있어!"

"잘 가."


선교사의 집에 돌아오니 선교사 부인이 챙 넓은 모자를 쓰고 나서며 말했다.

"성민 선생! 나하고 보이 시장에 갈까?"

마침 갈아입을 옷이 필요했던 터라 부인을 따라 시장에 갔다. 붉은 흙이 폴폴 나는 좁은 길을 지나가면서 보니 푸른 줄무늬 옷을 입은 사람들이 언덕에서 삽질을 하고 있었다.

"저 사람들은 복역 중인 죄수들이야."

"죄수가 저렇게 밖에 나와요?"

"응, 여기는 죄수라도 낮에는 밖에 나와서 노동을 하고 저녁이 되면 들어가."

"좋은데요."

"그래도 도망가는 사람이 있다는 소린 못 들은 것 같아."

죄수들도 우리를 보고 손을 흔들었다.

"사모님, 저도 선교사님이 도와주지 않았으면 저렇게 잡혀 있었을 거예요."

"그럴 리가."

선교사 부인이 나를 보고 싱긋 웃었다. 경찰서에 잡혀 있던 생각만 해도 울화가 치밀었다. 유치장에서의 하룻밤은 평생 못 잊을 것 같았다.

일주일에 한 번 선다는 장은 우리나라 시골 장 같았다. 우리가 장바닥에 나타나자 사람들이 웃으며 인사를 했다. 이 나라 사람들은 웃음 하나는 끝내준다. 가만히 지켜보니 우리 같은 이방인에게만이 아니고 자기들끼리도 눈길만 마주쳐도 서로 웃는다. 저 웃음의 원천은 무엇일까?

선교사 부인은 스쿠마 두 단과 망고, 파파야, 패션이라는 과일을 샀다. 시장에 나와 있는 옷은 모두 구제품뿐이었다. 나는 청바지와 티셔츠, 속옷을 샀다.

"성민 선생, 이거 씹어 봐요."

부인이 사탕수수를 사서 주었다. 내가 사탕수수 줄기를 앞니로 벗기려고 인상을 찡그리자 근처에 있던 아이들이 모여들어 구경을 했다. 나는 아이들에게 사탕수수를 한 줄기씩 나눠 주었다. 아이들은 사탕수수를 질겅질겅 씹으며 나를 따라다녔다. 돌아오는 길에 하늘을 보니 노을이 붉은 평원을 곱게 물들이고 있었는데 그 모습이 장관이었다.

오랜만에 목욕을 하고 옷을 갈아입으니 한결 기분이 좋아졌다. 이제 내일이면 킬리만자로 떠난다. 나는 다락방에 앉아서 재성이에게 편지를 썼다. 꼭 부쳐야 하는 편지는 아니지만 어쩐지 이 밤을 기억하기 위해 뭔가를 써야 할 것 같았다.

재성아, 보고 싶다! 부끄럽지만 이제 난 네 마음을 조금은 이해할 것 같다. 역시 네 말대로 난 어쩔 수 없는 부르주아다. 오늘 스탠리와 찰스를 다시 만났지만 내 부르주아 근성이 기껏 돈 몇 푼으로 양심의 가책을 들어내려 한 것 같아서 또다시 마음이 무겁다.

돌이켜 보니 난 너를 잘 안다고 하면서도 어쩌면 널 가장 이해하지 못했는지도 모른다. 그저 너의 말을 파쇼적으로 몰아붙이고 잘난 내 우월감에 만족해 왔다. 재성아, 고맙다. 네가 한 번씩 예리하게 찔러 대는 송곳이 아니었으면 나는 더 형편없는 놈이 되었을지도 모른다.

친구야, 나는 그동안 배고픔이 무엇인지 몰랐다. 언제나 음식은 흘러넘쳤고 오히려 잘 먹지 않는다고 핀잔을 들었다. 그런데 이곳 아이들은 배가 고파서 도둑질을 한단다. 정말 미치겠다. 뭐, 이런 놈의 세상이 다 있나. 한쪽에서는 배가 터져 죽겠다고 아우성이고, 한쪽에서는 배가 고파서 죽는 세상! 그러나 이것이 현실이다. 배부른 돼지보다는 배 고픈 소크라테스가 낫다고? 웃기지. 자기들이 스탠리의 삶을, 찰스의 삶을 살아나 봤나. 나는 이 기막힌 현실 앞에서 마구 화가 난다. 이건 동정도 유치한 우월감도 아니다. 최소한의 생존도 보장받지 못하는 저들을 보면서 느끼는 분노다. 그런데 그 배부른 돼지가 바로 나 윤성민이었다.

재성아, 네가 뭐라고 해도 난 괜찮다. 난 지금 나 자신을 한없이 학대하고 멸시하고 싶은 마음뿐이다. 사랑하는 친구야, 이제 다시 너를 만나면 진심 어린 가슴으로 너를 대할 수 있을 것 같다.

수회를 다시 찾을 수 있어 정말 다행이다. 수회를 찾지 못했다면 아마 나는 미쳐 버렸을 것이다. 이제 나는 다시 일어나 킬리만자로로 떠난다. 안녕!

# 12

## 신의 집, 신의 약속

아직 어둠이 걷히지 않은 대지 위로 안개가 자욱했다.

나는 선교사가 읽어 보라고 준 헤밍웨이의 『킬리만자로의 눈』을 가방에 넣었다. 어젯밤에 깜빡 잠이 드는 바람에 다 읽지 못한 책이다. 가방은 하나면 된다. 꼭 필요한 것만 가방에 넣고 여행용 가방은 두고 가기로 했다.

밖으로 나오니 어제저녁 약속한 대로 마한가는 이미 마당에서 나를 기다리고 있었다. 어차피 모두에게 작별 인사를 해 봤자 이별의 아쉬움만 더할 뿐이다. 무엇보다 영아 누나와 작별하려면 많이 힘들 것 같았다. 그동안 나도 모르게 영아 누나가 자꾸 좋아졌다. 어떤 때는 친누나처럼 편하기도 하고 어떤 때는 수회에게 느꼈던 미묘한 감정에 달아오르기도 했다. 그래, 모두 털어 버리고 이렇게 홀홀 킬리만자로로 떠나는 거다. 누나에게 언젠가 수회에 대해서 이야기해 주기로 한 약속은 아마도 못 지킬 것 같다. 영아 누나, 안녕!


　조용히 집을 나와서 마한가와 함께 몸바사행 버스를 탔다. 새로운 동행이 된 마한가는 이곳 사람들이 깎아 파는 조각상처럼 말이 없었다. 내가 물으면 겨우 대답만 할 뿐 먼저 말을 거는 법이 없었다.

　"마한가, 나 때문에 이제야 집에 가게 되었네요. 부인과 아이들이 많이 기다리겠지요? 미안해요."

　"하쿠나 마타타!"

　"마한가네 식구는 몇이에요?"

　"여섯."

　"그럼 아이들이 넷?"

　세상에, 아직 나이도 얼마 되어 보이지 않는데 아이들이 넷이나 되다니! 나는 짓궂게 물었다.

　"마한가, 아프리카에는 부인을 여러 명 둔다던데 마한가는 어때요?"

　"나도 여러 명을 얻고 싶어. 그런데 여자를 데려오려면 염소가 여섯 마리는 있어야 돼. 나중에 돈을 모으면 여자를 데려올 거야."

　마한가는 아무렇지도 않게 대답했다.

　"그럼, 여자를 더 많이 데려오는 게 마한가의 희망인가요?"

"응. 생각 같아서는 여자를 다섯쯤 얻고 싶지만……. 우리 어머니도 우리 아버지의 넷째 부인이었어."

그제야 마한가는 누런 이를 드러내며 웃었다. 마한가가 웃는 것을 보니 신기했다.

첫차로 떠나서 그런지 버스에서 내리니 배가 고팠다. 나는 정류장에 있는 가게에 가서 먹을거리를 사 왔다. 그러나 마한가는 내가 사 온 음식을 먹지 않고 받아서 주머니에 넣었다. 마한가는 하루에 두 끼를 먹는데 아직 음식을 먹을 시간이 안 됐다는 것이다. 마한가의 이런 행동에 나는 충격을 받았다. 가난한 이 나라 사람들은 모두 다 먹을 것을 주면 고맙게 받아먹는 줄 알았다. 그러나 사람에 따라 나름대로 살아가는 방식이 있는 모양이다. 마한가는 멀찍이 떨어져서 내가 음식을 다 먹을 때까지 멍하니 앉아 있었다.

"걸어갈까?"

마한가가 멀리 보이는 킬리만자로를 가리키며 물었다.

"멀어요?"

"멀지 않아. 차가 다니지 않는 지름길이 있거든. 난 언제나 걸어 다녀. 우리 동네에 가면 테드를 소개해 줄게. 테드가 킬리만자로에 데려다줄 거야."

"그럼 구경도 하고 걸어가 보죠."

나는 마한가를 따라 걸었다. 그러나 이것이 얼마나 미련한 일인지 곧 알게 되었다.

마한가는 마사이 남자다. 나는 한국에서 온 고딩이다. 그는 춤추듯이 아니, 바람결에 흘러가듯이 그야말로 사뿐사뿐 걸었지만 나는 태양이 내리쬐자 숨이 막히고 온몸에서 쉴 새 없이 땀이 흘러내려 감당이 되지 않았다.

끝이 보이지 않는 평원을 걸어가며 그대로 받아야만 하는 강렬한 햇볕은 파르스름한 핏줄까지 투과할 정도여서 손등이 형광 빛으로 보였다. 신의 노여움을 사서 거꾸로 처박힌 채 하늘 높은 줄 모르고 뻗어 오른다는 바오밥나무가 앙상한 가시나무들 틈에 을씨년스럽게 서 있었다.

먼지가 폴싹거리는 길은 끝없이 이어졌다. 열기가 더해지니 부어오른 다리가 불이 난 듯 화끈거리고 욱신거렸다. 이건 꿈속에서 본 고통이다. 서서히 말라서 번데기로 굳어 가는 애벌레의 고통! 온몸을 송두리째 이 붉은 흙바닥에 던져서 박살을 내면 이 고통이 끝날까? 내 부서진 시체를 저 흰개미들이 조각조각 물어 날라서 솟아오른 동굴에 저장하면 나는 이 세상에서 흔적 없이 사라질 것이다.

저만큼에서 나를 기다리고 있던 마한가가 물었다.

"왜 킬리만자로에 가려고 하지?"

"내 친구를 데려다주려고요."

"친구?"

마한가가 의아한 눈빛으로 되물었다.

"네. 이 속에 제 친구가 있어요. 제 친구가 킬리만자로에 꼭 데려다 달라고 했어요."

마한가는 도저히 이해할 수 없다는 눈빛으로 나를 바라보더니 킬리만자로를 손가락으로 가리키며 말했다.

"저 서쪽 산봉우리는 '은가예 은가이'야. 신의 집이라는 뜻이지."

"신의 집?"

"응, 우리 마사이 부족의 신이 살고 있어."

부족의 신을 이야기하는 마한가의 얼굴에 자랑스러운 미소가 피어났다. 어리석기는. 어째서 저 산에 자신들의 수호신이 살고 있다는 생각을 하게 됐을까? 진짜 웃긴다. 만약 저 높은 산에 신이 살고 있다면 저 신은 왜 이들의 삶을 이렇게 막막한 원시 속에 가두어 두려고만 하는 걸까? 하긴, 신도 늘 저 설산에 살다 보니 심장이 차갑게 얼어서 달리 생각하는 방법을 몰랐겠지.

"저 산 얼음 속에는 표범이 살고 있어. 신의 부름을 받은 표범이지."

마한가는 경외의 눈빛으로 킬리만자로를 바라다보았다.

인간이 상상해서 만들어 낸 이야기를 믿고 있는 마한가의 무지를 일깨워 주려고 나는 힘주어 말했다.

"아니에요. 그건 헤밍웨이라는 작가가 지어낸 소설 속 이야기지요. 표범이 어떻게 얼음 속으로 걸어 들어갈 수 있겠어요?"

그러나 마한가는 그 깡마른 얼굴로 마치 철학자처럼 눈을 지그시 감으며 말했다.

"얼음 속에 갇히기 전까지 표범은 찾아 헤매고 있었던 거야!"

"무엇을요? 신의 약속을요?"

"그렇지. 신의 약속이지."

"어떤 약속이오?"

"사랑과 평화 그리고 자유."

사랑과 평화와 자유? 그렇다면 수회와 헤밍웨이는 신의 약속을 찾다가 스스로 죽은 것일까?

"마한가는 어떻게 그런 걸 다 알아요?"

"우리 마사이족은 다 알아. 늘 킬리만자로와 함께 살아가거든."

"그럼 마한가는 사랑과 자유와 평화를 찾았나요?"

"아직 다 찾지 못했지만 결국 신이 알게 해 줄 거야."

빌어먹을! 저 삐삐 말라 틀어지는 두 다리로 간신히 살아가면서도 사랑과 자유와 평화를 말하다니!

수회야, 봐. 보라고! 킬리만자로에서 태어나고 자란 이들도 아직 사랑과 자유와 평화를 찾지 못했다고 하잖아. 그런데 넌 어쩌자고 이 높은 산에 오르려고 한 거야. 결국 신이 다 알게 해 준다는 그 말을 믿고 있었니? 모르겠다. 난 도대체 뭐가 뭔지 알 수가 없다.

"우리 모두는 킬리만자로를 향해 가고 있는 거야. 신의 집에 가기 위해."

마한가가 불쑥 혼잣말처럼 내뱉었다.

"우리 모두는 킬리만자로를 향해……"

나도 모르게 그 자리에 우뚝 서서 마한가가 한 말을 따라서 중얼거렸다. 그렇다면 나도 지금 신의 집을 찾아가는 길일까?

마한가가 내 얼굴을 찬찬히 바라보더니 손으로 내 얼굴을 만졌다.

"너, 얼굴이 이상해!"

"더워서 그래요. 좀 쉬었다 가요."

제기랄. 주위를 둘러보아도 온통 가시나무뿐 쉴 만한 곳이 없다. 그대로 땅바닥에 주저앉았다. 뜨거운 빛은 사람을 바싹바싹 말려 죽일 것같이 세차게 달려들었다.

"도저히 안 되겠어요. 차를 타야겠어요."

"조금만 더 걸어가면 마을이야."

다리와 발이 욱신거리고 아팠다. 양말을 벗고 보니 발이 퉁퉁 부어 있었다. 어제부터 뭔가 느낌이 달랐는데 잊고 있었다. 가만히 생각해 보니 스탠리, 찰스를 따라 수회를 찾으러 산에 갈 때 가시에 찔렸던 곳이다.

마한가에게 발을 보여 주었더니 마한가가 발바닥을 눌러 보며 근심스러운 표정으로 말했다.

"박테리아야. 박테리아가 들어갔어."

"그럼 어떡해요?"

"박테리아를 빼야 돼."

이게 무슨 소리야. 박테리아를 어떻게 뺀다는 거야? 어쨌든 바를 약 하나 없으니…… . 그는 땀에 절어 있는 내 얼굴을 보고 고개를 갸웃거렸다.

"아냐, 더운 게 아니고 박테리아 때문에 열이 나는 거야."

마한가가 나를 보는 표정이 심각했다.

"박테리아 때문이라고요?"

상처 부위를 자세히 살펴보았다. 벌겋게 부어 오른 발바닥에 검은 점 같은 것이 보였다.

"이대로 킬리만자로에 오를 수 없어. 우리 집으로 가서 박테리아를 빼내야 해."

마한가가 걸음을 재촉했다. 나는 갈수록 숨이 차고 열에 들떠서 허공을 걷는 듯 허우적거렸다. 마한가가 자꾸만 휘청거리는 나를 부축했다. 나는 마한가에게 의지해서 억지로 걸음을 옮겼다.

"다 왔어. 여기가 우리 집이야."

정신을 차리고 마한가의 집을 보니 '보마스 오브 케냐'에서 보았던 소똥 집이었다.

"아빠!"

아이들이 달려와 마한가의 품에 안겼다. 깡말라서 작게만 보이던 마한가도 아이들을 품에 안으니 갑자기 크게 보였다. 마한가의 아내는 멀찍이 서서 가만히 웃고 있었다. 눈이 빛나는 아름다운 여인이었다.

마한가의 부축으로 집 안에 들어선 나는 심한 충격을 받았다. 그야말로 집 안은 사람이 산다고는 도저히 믿어지지 않는 곳이었다. 들어가는 왼쪽에 화덕과 냄비, 그릇이 몇 개 놓여 있고 오른쪽에는 붉은 닭 두 마리와 염소 한 마리가 있었다. 닭똥 냄새와 염소 똥 냄새로 악취가 심했다. 이런 곳에서 쉬라니.

"아!"

내가 코를 쥐고 뒤로 주춤 물러나자 마한가와 아이들이 웃었다.

"내가 박테리아 빼 줄게."

"병원 없어요?"

"병원 없어. 멀리 가야 해."

정말이지 막다른 골목이다. 이젠 죽었다! 나는 마한가가 대충 깔아 주는 자리에 누워 눈을 감았다. 세상이 다 끝난 것 같았다. 나도 모르게 눈가가 축축하게 젖어 왔다. 벼랑 끝, 절망, 죽음 같은 말들이 눈앞에서 뱅글뱅글 돌았다. 억울하다. 수회가 내게 맡긴 미션을 해결하지도 못하고 이렇게 더러운 곳에서 죽으면……. 누가 온몸에 끓는 쇳물을 붓는 것처럼 화끈거렸다. 내 의식이 희미한 연기처럼 풀려 나가는 것을 느끼며 나는 눈을 감았다.

눈을 뜨니 어둠 속에 낯선 여인이 옆에 앉아 있었다. 아, 낮에 본 마한가의 아내였다. 온몸에 찬기가 느껴졌다. 여인이 젖은 수건으로 내 몸을 닦아 내고 있었다. 마한가의 아내는 내가 깨어난 것을 알아채지 못했다. 나는 그대로 눈을 감은 채 청각을 곤두세우고 주변의 소리를 들었다. 마한가와 아이들은 잠이 들었는지 간간이 코 고는 소리와 잔잔한 숨소리가 들려왔다. 이 여인이 나를 살리려고 어둠 속에서 그림자처럼 움직이며 보살피고 있는 것이다. 발이 몹시 아팠다. 움직일 수 없을 정도로. 여인이 내 가슴에 수건을 갈아 줄 때 여인의 젖가슴이 내 가슴을 스쳤다. 살과 살이 맞부딪치는 부드러움이 느껴지면서 갑자기 엄마가 생각났다. 벌떡 일어나 엄마에게 달려가고 싶었다.

엄마 가슴에 얼굴을 묻고 엉엉 울고 싶었다. 엄마를 미워하고 원망하고 그 품에서 벗어나려고 했던 일들이 얼마나 어리석었는지. 엄마는 내 단단한 보호막이었고 껍질이었고 안식처였다. 이제 와서 생각해 보니 내 불행은 엄마의 보호막을 찢고 나온 순간부터 시작되었다. 엄마를 용서하고 뭐고 다 필요 없는 사설이었다. 엄마가 어떤 남자의 품에 안기든 말든, 난 엄마가 필요하다. 엄마. 정말 엄마가 보고 싶다. 엄마가 그립다. 엄마! 심장이 요동치며 울음이 터져 나왔다. 이를 악물고 울음을 삼켰다. 낯선 땅, 타인의 방에서 우는 것조차도 곤한 이들에게 방해가 되기 때문이었다.

깜박 잠이 들었는데 아이들이 재잘거리는 소리에 눈을 떴다. 집 안에는 아무도 없고 파리 떼만이 윙윙거렸다. 주변을 살펴보니 마한가의 여섯 식구와 나까지 일곱, 거기다 짐승들까지 누웠던 곳이라고는 믿어지지 않을 만큼 집 안이 비좁았다. 어림잡아서 사방 열 걸음도 안 될 것 같았다. 살림살이도 거의 없었다. 우리가 야외로 캠프를 가도 이보다는 살림이 많을 것이다. 발을 내려다보니 얼어 버린 무처럼 멀겋게 부어 있었다. 아마 마한가의 아내는 나를 간호하느라 지난밤을 꼬박 새웠을지도 모른다.

삭삭삭삭.

밖에서 칼 가는 소리가 났다.

마한가가 들어오며 말했다.

"네 발에서 박테리아를 빼내야 해."

어제 집에 가서 박테리아를 빼내야 한다는 말이 사실이었다.

"병원에 데려다주세요."

"여긴 병원 없어. 마사이족은 박테리아를 칼로 빼낼 줄 알아."

마한가가 안심하라는 뜻으로 씩 웃었다. 나는 덜컥 겁이 났다. 아무리 그래도 의사도 아닌 사람한테 치료를 맡길 수는 없을 것 같았다. 그것도 생살을 찢고 수술을 한다는데.

"마한가, 제발 의사를 불러 주세요. 돈을 드릴게요."

마한가가 낭패한 기색으로 말했다.

"의사는 이곳에 오지 않아."

마취도 하지 않고 생살을 찢는다고 칼을 들고 나서니 기가 막혔다. 내가 질린 표정으로 거부하자 둘러앉아 있던 아이들 중에서 제일 큰 아이가 팔에 난 상처를 보여 주며 말했다.

"나도 아빠가 박테리아 빼 줬어."

나는 아이들 뒤에 앉아 있는 마한가의 아내를 바라보았다. 눈길이 마주치자 그녀가 조용히 흰 이를 드러내며 웃었다. 그래, 저 조용한 여인이 믿는 남편이라면 나도 마한가를 믿어 보자. 마음속에서 용기가 생겼다.

"알았어요, 마한가. 조금 더 생각해 보고요."

마한가의 식구들이 아침을 먹었다. 차이 한 잔에 우갈리 한 덩이가 내 앞에도 놓였다. 파리 떼가 우갈리에 사정없이 달라붙었다. 나는 파리를 쫓아 가며 우갈리를 다 먹었다. 아프리카에 와서 배운 것은 음식에 대한 고마움이다. 음식은 생명줄이고 이 음식을 먹지 않으면 그대로 굶어야 하기 때문이다. 마한가의 식구들은 파리 떼가 달라붙어도 상관하지 않고 우갈리를 손으로 뭉쳐 가며 잘도 먹었다.

아침을 먹은 뒤, 마한가는 나를 데리고 햇볕이 내리쬐는 마당으로 나왔다.

"밝은 햇볕 아래서 박테리아를 빼자."

"싫어요. 무서워요."

"겁내지 마. 난 오늘 박테리아를 빼 주고 곧바로 돌아가야 해. 선교사는 집에서 며칠 쉬고 오라고 하지만 우리 식구들이 살아가려면 내가 아스까리 일을 열심히 해야 해. 내가 없는 동안 다른 아스까리가 내 일을 가로채면 안 돼."

마한가는 서둘러 돌아갈 모양이었다. 아무리 생각해 봐도 이제 다른 선택은 없다. 일단은 빨리 걸을 수 있어야 한다. 정말 이번에 걸을 수 있게 되면 나는 한달음에 킬리만자로에 오를 거다. 그래서 수회를 보내 주고 영아 누나처럼 한시바삐 이 나라를 떠날 거다. 수회를 생각하는 것 외에는 이곳을 다시는 돌아보지도 않으리라.

나는 떨리는 마음을 진정시키기 위해 심호흡을 했다.

"괜찮아. 걱정하지 마. 자, 먼저 이걸 마셔!"

마한가가 내게 건네준 것은 술이었다. 소주 같기도 하고 청주 같기도 한데 알코올 냄새가 훅 풍기는 것을 보니 독한 술인 것 같았다. 나는 단숨에 그 술을 다 마셨다. 술이 미처 배 속에 다 들어가기도 전에 속이 찌르르하고 얼굴이 홧홧했다.

마한가는 아픈 내 발에 조심스럽게 술을 부었다. 화덕에 벌겋게 달구어 놓은 칼에도 술을 부었다. 술이 마취약이요 소독약인 모양이었다.

"자, 눈을 감고 편하게 누워요."

마한가가 차분하게 말했다. 나는 최면에 걸린 듯이 마한가의 말을 따랐다.

"아얏, 악!"

예리한 칼이 살 속에 섬뻑 들어가는 느낌과 동시에 비명이 터져 나왔다.

"아이고!"

마한가도 비명을 질렀다. 나는 몸을 일으켜 찢어진 상처를 보았다. 피고름이 뭉글뭉글 뭉쳐서 쏟아졌다.

"이게 박테리아야."

마한가가 고름 속에 연필심을 똑똑 분질러 놓은 것 같은 검은 알갱이를 가리켰다. 마한가의 아내가 옆에 앉아서 술을 부어 가며 고름을 닦아 주었다.

"자, 이제 다른 곳을 보자고!"

마한가가 또 술을 내밀었다.

"아니에요. 안 마셔도 돼요."

조금 전에 받아 마신 술이 속에서 불을 일으켰다. 폭탄을 삼킨 것 같아서 더 이상 마실 수가 없었다.

"그럼 조금 더 참아."

마한가가 다시 칼에 술을 붓더니 내 옆에 바짝 다가앉았다. 박테리아가 자리 잡은 곳은 두 군데였다. 나는 주먹을 쥐고 어금니를 꽉 깨물었다.

드디어 살 속으로 예리하게 또 칼이 파고들었다.

"아악!"

처음보다 더 아팠다.

"이제 끝났어!"

마한가의 외침과 동시에 긴장이 풀리면서 온몸이 부르르 떨렸다. 마한가의 얼굴에서 땀방울이 뚝뚝 떨어졌다.

"이제 마지막으로 이걸 마시고 한잠 푹 자. 내 아내가 돌봐 줄 거야."

마한가가 조금 전에 부어 놓았던 술잔을 또다시 내밀었다. 나는 술잔을 받아서 그대로 마셨다. 쓰디쓴 술이 눈물과 함께 목구멍을 타고 뜨겁게 흘러내렸다.

# 13

## 선물

    나는 발을 끌며 집 밖으로 나왔다. 마한가의 아이들이 쪼르르 내 옆으로 몰려와 앉았다. 햇볕 아래 드러난 내 모습은 처참했다. 입고 있던 내 티셔츠를 붕대처럼 찢어서 묶어 놓은 발에는 파리 떼가 달라붙어 있었다. 어제 마한가가 묶어 놓고 떠난 뒤, 나는 다시 상처를 들여다볼 생각을 할 수가 없었다. 항생제, 연고 하나 없는데 상처를 본다고 치료할 방법이 없기 때문이다. 이제는 이대로 상처가 낫기를 기다리는 것 외에는 내가 할 수 있는 일은 아무것도 없었다. 바라기는 제발 이 아픔만 좀 잦아들면 좋을 것 같았다. 이곳에선 돈도 아무런 소용이 없다. 다만 이대로 손 놓고 기다리면서 원시적인 방법으로 삶이나 죽음을 맞이할 뿐이었다.

    맨발인 아이들의 작은 발이 앙증맞게 보였다. 두 발로 자유롭게 걸어 다니는 것이 얼마나 축복인가! 아이들은 하루 종일 모여서 저희끼리 웃고 떠들며 잘들 놀았다.

"너희들은 왜 학교에 가지 않니?"

"학교 없어요."

유달리 붉은 입술을 가진 둘째 아이가 말했다. 이들에게 가난
은 정말 천형일까? 잠자는 킬리만자로의 신이 깨어나면 이들에
게 진정한 사랑과 자유와 평화를 가져다줄까? 의식주조차 힘든
이들의 삶에서 진정한 사랑과 자유와 평화란 어떤 의미일까? 자
연을 개발해서는 안 된다고? 자연을 개발하지 않고 이 산자락에
빌붙어서 소똥으로 집 짓고 살아 보고 난 뒤에 그딴 소리를 하든
지 말든지. 저길 봐. 마한가의 아내와 그의 네 아이. 인간이라고
하기에는 너무 불쌍하잖아. 저들에게 문명의 혜택이 주어진다
면 저 순한 부인은 얼마나 더 아름답게 변할까? 저 땅바닥을 뒹
구는 아이들의 두 눈은 세상을 알아 가는 지혜로 얼마나 더 반짝
일까?

마한가의 아내는 염소 두 마리와 닭 두 마리를 기르는 것 외
에는 하루 종일 아이들 옆에서 그림자처럼 앉아 있었다. 그러다
가 때가 되면 화덕에 불을 피우고 우갈리를 뭉쳐 내고 차이를 끓
이는 것이 그녀의 하루 일과였다. 살림이 없으니 매만지고 닦을
것도 없고, 갈아입을 의복이 많지 않으니 빨랫감도 없는 듯했다.
그저 눈길이 닿으면 배시시 웃는 것이 그 여자가 살아 있다는 유
일한 증거였다.

나는 마한가의 아내와 이야기해 보고 싶었다. 그러나 여자는 언제나 입을 꼭 다물고 있었다. 혹시 낯선 곳에서 온 남자에게 말하는 것이 금기는 아닐까? 이 낯선 소똥 집에서 하루를 살아 간다는 것이 이처럼 무료하고 고통스러운 일인지 몰랐다. 햇볕에 하얗게 마르다가 수회처럼 호로로 부서지면 딱 좋을 것 같았다. 어쩌면 수회가 내게 미션을 줄 때부터 이렇게 되리라는 것을 알고 있었던 건 아닐까? 킬리만자로에서 함께 하얗게 바래서 한 줄기 바람으로 스러지는 것.

이제 몸부림칠 기운도, 누구를 원망할 힘도 다 빠졌다. 그냥 투명인간처럼 보이지 않는 시간에 고통스럽게 복종하는 것. 이것만이 내가 할 수 있는 유일한 길이다.

눈을 감았다. 잠을 자야 한다. 잠을 자면 고통도 사라지니까. 그런데 비몽사몽 중에 들리는 목소리.

"야, 윤성민. 어디 있니?"

분명히 영아 누나의 목소리다. 나는 환청을 들은 것 같아서 두리번거렸다. 소리는 저 아래에서 연거푸 들려왔다. 분명 영아 누나의 목소리였다.

"어, 누나가 어떻게?"

가까이 다가오는 모습을 보니, 어제 보이로 출발했던 마한가와 함께 걸어오는 사람은 분명히 영아 누나였다.

"야, 괜찮니?"

누나의 두 눈에는 벌써 눈물이 그렁했다.

"괜찮아요. 그런데 누나가 어떻게?"

"선교사님이 마한가에게 약을 보낸다고 해서 나도 같이 가겠다고 했지."

누나는 옆에 앉자마자 내 다리를 치료하기 시작했다. 피 묻은 헝겊을 풀어낼 때 누나의 눈에서 눈물이 떨어져 내렸다. 누나는 입술을 옹다물고 벌어진 상처를 소독하고 약을 발랐다. 그리고 찢어진 살가죽을 다독이며 꼼꼼하게 붕대를 감았다.

"야, 의사네."

"몰라. 속상해 죽겠어……."

누나가 돌아앉으며 눈물을 훔쳤다.

"바보같이 울지 마요."

나는 복받치는 서러움을 꾹꾹 짓누르며 누나를 보고 웃었다.

"성민아, 미안해. 나 때문이야."

"울지 마요. 괜찮아요."

이런 슬픈 장면은 텔레비전 드라마에서나 나오는 줄 알았다. 그러나 상황이 절박하면 화면 밖 세상에서도 얼마든지 가능하다는 사실을 알았다.

"야, 정말 이런 곳에서도 사람이 살 수가 있구나!"

그제야 누나는 마한가의 집을 둘러보며 고개를 저었다.

"우리가 가진 게 너무 많아요."

"우리가 많은 게 아니고 이 사람들이 너무 없는 거지. 그래도 인간의 품위를 유지하기 위해서 최소한의 것을 갖추고 있어야지. 난 이렇게는 정말 못 살아."

영아 누나는 가지고 온 과자를 마한가네 아이들에게 나누어 주었다. 아이들은 과자의 단맛을 음미하듯이 천천히 먹으며 방긋거렸다. 마한가와 그의 아내는 그런 아이들의 모습을 행복한 미소로 바라보고 있었다.

영아 누나와 나는 햇빛 아래에서 오래도록 푸른 하늘을 바라보았다. 정말이지 이때껏 살아오면서 이렇게 푸르고 광활한 하늘을, 이처럼 오래 바라본 적이 없었다.

"야, 우리 원시인이 된 것 같지 않니?"

"맞아요. 우린 원시인이에요."

"아, 문명 세계가 그립다. 하지만 저 시리도록 파란 하늘도 그리울 것 같아."

"그럴까요? 우린 문명을 가졌고 이들은 원시의 자연을 가졌고. 따져 보면 공평한 것 같지 않아요?"

"그런가?"


서서히 대평원의 지평선으로 태양이 잦아들었다. 어둠이 내리고 서늘한 바람이 불어오기 시작했다. 한낮에 그처럼 극성을 부리던 파리 떼도 잠잠해졌다.

소똥 집 안에서 식탁도 접시도 젓가락 숟가락도 없이 우갈리를 먹는 시간은 정말 눈물겨웠다. 여덟이나 되는 사람이 촘촘히 둘러앉아서 마한가의 아내가 손으로 건네주는 우갈리를 한 덩이씩 받았다.

"아얏!"

한쪽에서 꼬꼬댁거리던 붉은 닭이 날개를 펴고 퍼더덕 날아올라 공교롭게도 영아 누나의 손등을 쳤다. 누나가 들고 있던 우갈리를 떨어뜨리자 닭이 좋아라, 쪼아 먹었다. 그렇지 않아도 짐승들 옆에서 먹는 게 신경이 쓰이는지 인상을 찌푸리던 누나의 얼굴이 일그러졌다. 그 모습을 보고 마한가의 식구들이 소리 내어 웃었다.

"자, 같이 나눠 먹어요."

나는 얼른 내 손에 있던 우갈리를 뚝 떼어 누나 손에 쥐어 주었다.

언제부터인지 우갈리의 닝닝하고 깔깔한 맛이 그런대로 괜찮게 느껴졌다. 누나가 우갈리를 맛있게 먹는 내 모습을 신기한 듯 바라보았다.

정순이 아주머니가 차려 주던 아침이 생각났다. 정순이 아주머니는 연변에서 온 중국 동포 가사 도우미였다. 아주머니는 엄마의 끊임없는 잔소리를 들으면서도 언제나 웃음을 잃지 않았다. 우리 집에는 여러 명의 도우미가 거쳐 갔다. 곰곰이 생각해 보면 엄마와 함께 보낸 어린 시절에 대한 추억보다는 아주머니들과의 추억이 더 많다. 어릴 때는 저녁이 되면 아주머니들이 엄마에게 야단을 맞는 것이 싫어서 가슴이 콩닥거렸다. 엄마는 집에 들어오면 가방을 소파에 던지고 도우미 아주머니들을 닦달했다. 나는 그것이 무척 무섭고 슬펐다. 그런데 정순이 아주머니는 엄마 말을 한 귀로 듣고 한 귀로 흘리면서 벌써 몇 년째 우리 집에 있다. 아주머니는 내가 일어나면 언제나 아침밥을 차려 놓고 기다렸다. 늘 조용히 그림자처럼 움직이며 따뜻한 밥을 차려 주던 정순이 아주머니. 아주머니가 차려 주는 밥이 먹고 싶다!

저녁이 되자 잠자리가 문제였다. 이 많은 사람들이 이 좁은 곳에서 어떻게 자나?

"마한가, 염소를 밖으로 내보내면 되잖아요."

"그건 안 돼요. 짐승들이 염소를 잡아가요."

그 이야기를 들으니 머리끝이 쭈뼛했다.

"짐승이라면, 사자? 호랑이?"

영아 누나가 토끼 눈을 하고 묻자 마한가는 그저 빙그레 웃을 뿐이었다. 그래도 자리를 좁혀 가며 모두가 누웠다.

"야, 나 네 옆에서 잘래. 이 사람들 냄새가 너무 지독해!"

영아 누나가 내 옆에 누웠다.

"이러다가 누나가 나 좋아하는 건 아닌지 모르겠다. 연상의 여인? 생각해 본 적 없는데……"

"야, 꿈 깨라. 나도 청소년은 사절이다. 그리고 넌 내 동생이야. 우리 끝까지 쿨하게 오누이로 가자."

영아 누나가 내 배를 손바닥으로 탁탁 쳤다. 그래, 우리는 어디까지나 동지애로 뭉쳐야 한다. 나에게는 수회가 있다.

"야."

"'야'가 아니고 내 이름은 윤성민입니다."

"알았어, 윤성민. 우리 잠자지 말고 이야기나 할래?"

"좋아요. 그런데 무슨 이야기를 하죠?"

"음……. 진실 게임."

"진실 게임?"

"그래. 난 너한테 시시콜콜 다 이야기했는데 넌 나한테 숨기는 게 너무 많아. 그러니까 우리 진실 게임 하자. 숨김없이 비밀을 다 말하는 거야."

"그건 좀……. 좋아요."

"우선 너부터 해. 먼저, 킬리만자로에 왜 가려고 하니?"

"그냥요."

"치, 그딴 대답이 어디 있어? 왜 그렇게 킬리만자로에 가려고 그래? 정말 궁금해 죽겠어."

"나중에, 나중에 말해 줄게요."

"알았어. 할 수 없지 뭐. 그럼 두 번째 질문이다. 너 지난번 가방 잃어버렸을 때 가방에 뭐가 들었기에 그렇게 애를 태웠니?

선교사님 식구들도 그게 제일 궁금하댔어.”

“그건 안 돼요. 그 얘기를 하면 누나가 도망갈 거예요.”

“야아, 이건 진실 게임이잖아.”

“안 돼요. 다른 이야기해요.”

“치, 그래. 그럼, 네 여자 친구 이야기.”

“그것도 안 돼요.”

“뭐야? 너 정말 엑스맨이다. 모든 게 다 미지수네.”

영아 누나가 삐친 모양이다. 여기까지 나를 찾아서 왔는데 내가 너무했나? 누나에게 미안하다. 그러나 수회 이야기를 지금 저 가방 안에서 듣고 있는 수회 앞에서 할 수는 없다. 수회는 살아 있을 때도 우리 둘의 이야기를 누구한테 하는 걸 제일 싫어했다.

수회하고 첫 키스를 한 날, 수회는 몇 번이나 문자를 보내 다짐을 받았다. 재성이에게도 비밀로 하라고. 이제 생각해 보니 그날 3호선을 타고 종점에서 종점까지 간 날, 수회는 이미 이별 연습을 하고 있었는지도 모른다.

그날 수회는 하루 종일 울었다.

“성민아, 이제 끝이야. 결국 엄마 말대로 했어. 아빠가 애들을 다 보냈어.”

“뭐야, 정말?”

“나도 어디든 가고 싶어. 아주 멀리.”

“그럼 우리 3호선 타고 끝까지 가 볼까?”

우리는 신사역에서 3호선을 탔다. 지하철을 타기 전에 서로가 그렇게 하자고 약속한 적도 없는데 지하철에 오르자마자 나는 수회를, 수회는 나를 바라보고 마주 섰다. 수회의 눈에서는 소리 없는 눈물이 하염없이 흘러내렸다. 나는 수회의 눈물을 감춰 주기 위해 수회의 어깨를 안았다. 사람들 앞에서 안고 있는 것이 부끄러워서 얼굴이 좀 화끈거렸지만 수회의 심장에서 떨려 나오는 슬픈 흐느낌에 어쩔 수 없이 가만히 있었다. 우리는 그렇게 종점까지 갔다. 종점에서 내려서 간단하게 점심을 먹고 하릴없이 거리를 헤맬 때도 수회는 아무 말도 하지 않았다. 나도 딱히 해 줄 수 있는 말이 없었다. 그렇게 헤매다가 날이 저물어서야 돌아오는 지하철을 탔다. 종점에서는 사람들이 별로 타지 않아서 지하철이 텅텅 비었다. 우리는 나란히 의자에 앉았다. 수회는 내 어깨에 얼굴을 기댔다. 그때 나는 수회의 이마에 살짝 입을 맞추었다. 수회가 내 입술을 느꼈을 텐데도 눈을 꼭 감은 채 밀랍 인형처럼 그대로 있었다. 그렇게 신사역에 내렸을 때는 이미 밤이 깊었다.

"성민아, 고마워!"

수회네 집 앞에서 헤어질 때 수회가 희미하게 웃었다.

"고맙긴……. 아무것도 해 줄 수가 없어서 정말 미안해."

나는 안타까운 마음으로 수회의 손을 꼭 잡았다,

"성민아, 눈 감아 봐."

수회가 내 입술에 입을 맞추었다.

"이건 선물이야. 고맙다는 선물! 날 잊지 말라는 선물!"

수회가 처음이자 마지막으로 입맞춤을 하고 돌아서서 뛰었다. 나는 멀어져 가는 수회에게 한마디 말도 하지 못하고 손만 흔들었을 뿐이다.


"울고 있니?"

내 흐느낌을 듣고 영아 누나가 가만히 손을 내밀어 눈가를 닦아 주었다. 멀리서 이름 모를 벌레들이 울었다.

# 14
## 킬리만자로에서, 안녕

마한가의 집에 머문 지 닷새가 지났다. 마한가는 이미 보이로 떠났다. 영아 누나는 나를 간호한다고 남았다. 그나마 영아 누나가 옆에 있으니 안심이 되었다. 정말 이 닷새 동안의 고통은 죽어도 잊지 못할 것이다. 이 나라에서 이미 겪은 일이지만 내 의지로 할 수 있는 일은 아무것도 없었다. 그저 우기를 기다리며 목마름을 참고 있는 저 앙상한 나무들처럼 하루빨리 발이 낫기를 기다릴 뿐이다. 잠을 자도 자고 싶고 먹어도 배가 고프다. 화낼 힘도 없고 말할 힘도 없다, 그냥 멍청하게 앉아서 시간만 죽일 수밖에는.

이제는 그래도 제법 걸을 수 있을 만큼 발이 나았다. 그런데 이 소똥 집에서 먹고 자고 씻는 것 때문에 죽을 판이다. 비좁은 곳에서 일곱 사람이 잠을 자니 자도 잔 게 아니다. 배출할 마땅한 장소도 없다. 영아 누나는 마한가의 아내를 따라가서 틈틈이 씻고 오지만 나는 그대로 견뎌야 한다. 정말 하루하루가 생존을 위한 몸부림이다.

"야, 윤성민. 너 늑대 소년 같아."

"누나는 늑대 소녀 같고요."

"야, 정말 미치도록 고통스럽지 않니? 히히히."

우리는 서로의 몰골을 바라보며 웃었다. 사람이 이렇게 구겨질 수도 있다니. 재성이 녀석에게 이 꼴을 보인다면 녀석의 표정은 어떨까? 김재성 인마, 문화 충격, 문명의 충돌, 그딴 소리 집어치워라. 문화와 문명이 아직도 낯짝을 내보이지 않는 곳이 여기 있다. 그래, 네 말은 옳았다. 인간 종류와 상관없이 부르주아의 위력이 소멸되는 세상이 있더라.

"누나, 제 친구 녀석이 있거든요. 그런데 그 녀석이 순 파쇼주의자예요. 그래서 늘 나보고 부르주아라고 놀려요. 이제 그 녀석을 만나면 부르주아가 아닌 미개인의 적나라한 모습을 확실히 보여 줄 수 있겠죠?"

"뭐, 너 부르주아였어?"

"아니요, 난 지극히 평범한 보통 학생이라고요."

"뭐야, 실망이잖아. 난 부르주아가 좋아. 내 꿈이 신흥 재벌인 부르주아야. 나 이다음에 돈 많이 벌어서 이곳을 발전시키는 데 앞장설거야."

"그때 나도 누나의 프로젝트에 기부할게요."

"좋았어."

잠시 침묵이 흘렀다.

"누나, 이제 곧 떠나야 할 것 같아요."

"떠나더라도 지난번처럼 새벽에 도망치기는 없기다. 아니면 아예 같이 가든지."

"누나 정말 한국으로 돌아갈 거예요? 잘 생각했어요. 다시 돌아가면 생각이 달라질 거예요. 다시 멋진 남친도 만들고, 빡세게 공부도 하고. 나도 그동안 방학이면 엄마가 외국에 보내 주어서 멋모르게 갔다가 오긴 했지만 이렇게 몰래 오는 건 아닌 것 같아요. 내가 있는 그 자리에서 최선을 다한 후, 누가 봐도 당당하게 와야 할 것 같아요."

"맞아. 나도 참 많이 반성하고 후회했어. 이제 알겠어. 내 나라, 내 땅, 내 방, 내 침대가 얼마나 좋은지. 그리고 홧김에 이렇게 오면 안 되는 거였어. 네 말대로 당당하게 올 수 있을 때 와야지. 세계를 떠돌아다니는 디아스포라들은 얼마나 힘이 들까? 참, 그런데 너 학교는 어떻게 하니?"

"누나, 여긴 아프리카예요. 아프리카에서는 아프리카 생각만 해요."

"그래도 나는 한국 생각만 자꾸 나는데. 넌, 그럼 언제 한국으로 돌아갈 거야?"

"글쎄요?"

"얘가, 정말?"

"어쨌든 갈 거예요. 저 내년에 고 3이에요. 가서 빡세게 부딪히며 살아 봐야지요. 비겁하지 않게."

다음 날 영아 누나와 함께 마을로 내려갔다. 마한가가 떠나면서 발이 낫거든 마을로 내려가서 킬리만자로에 데려다줄, 안내자 테드를 만나 보라고 했기 때문이다. 테드는 체격이 건장한 사십 대 남자였다. 악수를 하는데 손아귀 힘이 장난이 아니었다.

"내일 출발하는 거죠?"

"좋아요. 그런데 등반 장비는 있나요?"

"장비요?"

"네, 그 차림으로는 안 돼요. 등산화와 방한을 할 수 있는 등산복 그리고 먹을거리."

"아무것도 없는데."

"어쨌든 내일 아침 7시에 출발합시다. 장비는 가다가 모쉬에서 구하기로 하고."

테드와 헤어진 뒤 나는 영아 누나와 함께 마을 가게에 들러 옥수수 가루 두 포대와 바나나, 망고 그리고 과자를 샀다. 그동안 마한가네 식구들에게 진 신세를 조금이라도 갚고 싶었기 때문이다. 내가 수고비를 줄 테니 마한가의 집까지 물건을 갖다 달라고 부탁하자 가게 앞에 있던 남자들이 서로 다투어 자신이 가

겠다고 나섰다. 물건이 배달되자 마한가의 아내와 아이들은 겁
먹은 얼굴로 멀뚱거리며 바라보았다. 아이들이 좋아서 깡충깡
충 뛸 줄 알았는데 조금 실망했다.

"자, 먹고 싶은 것을 골라서 마음껏 먹어라."

영아 누나가 아이들에게 과자를 나눠 주었다. 그제야 아이들
은 방긋 웃으며 과자를 조심스럽게 받았다.

"애들은 늘 빈곤 속에 살았기 때문에 갑작스러운 풍요에 적응
이 안 되는 거야."

영아 누나가 아이들을 안쓰럽게 바라보며 말했다.

"야, 윤성민. 너 어떻게 이런 기특한 생각도 다 했냐?"

영아 누나의 칭찬을 들으니 기분이 좋았다. 맞다, 내가 생각해
도 윤성민, 정말 기특해졌다. 이때껏 누구에게 뭔가를 준 적이
없었다. 늘 받고만 살아온 녀석이 이제는 나눌 줄도 안다. 나는
바나나를 들고 마한가의 아내 옆으로 갔다. 마한가의 아내는 한
결 같은 그림이다. 도무지 존재감이 없다. 그저 조용히 앉아 있
다가 눈이 마주치면 수줍게 웃을 뿐.

"아주머니는 하루 종일 무슨 생각하세요?"

"많은 것을 생각하지요. 아침에 일어나면 킬리만자로의 신을
생각하고 하루의 평안을 빌어요. 그리고 남편과 아이들과 염소
와 닭을 생각해요."

"아주머니 고향은 어디예요?"

"저기 보이는 아랫마을이오."

"실례지만 아주머니 나이는?"

"스물아홉."

"그럼 몇 살에 결혼했나요?"

"열여섯에."

"행복하세요?"

"행복해요. 남편은 일자리가 있고 우리 식구들은 모두 건강하니까요."

"이 가난한 삶을 바꾸고 싶지는 않나요?"

"우린 가난하지 않아요. 남편이 돈벌이를 하니까."

아주머니의 대답은 세상을 초월한 철학자 같았다. 아니, 뭘 모르는 것인지 도통한 것인지 알 수 없지만 자부심은 가지고 있는 것 같았다.

"아주머니, 그동안 고마웠어요."

"아니에요. 그동안 당신을 돌볼 수 있어서 참 기뻤어요."

옆에서 우리의 대화를 듣고 있던 영아 누나가 말했다.

"야, 아주머니의 대답이 기가 막히지 않니? 그러니까 사람은 아는 만큼 복잡해지는 거야. 단순하면 저 아주머니처럼 행복하게 살 수 있잖아."

단순하면 행복하다?

"아주머니를 보니 우리 철학 카페에 온 것 같지 않니? 오늘의 주제는, 아는 만큼 병이 생긴다, 호호호."

　아는 것이 힘이라고 하는 사람들에게 내가 마한가네에서 겪었던 이야기를 들려주면 뭐라고 할까? 이 소똥 집과 소똥 집 안에서 짐승들과의 동거, 땅바닥에 소가죽을 깔고 잔 것, 한 벌의 옷과 한 덩이의 우갈리…… 그리고 그 속에서 느끼는 행복. 어쩌면 행복이란 추상어는 비교 대상 없이 홀로 있을 때 느낄 수 있는 것인지도 모르겠다.

　저녁에는 영아 누나와 함께 밤하늘의 별을 세었다. 아프리카에서 보는 별은 유난히 맑고 아름다웠다.

　"성민아, 무슨 생각하니?"

　"두려움이오."

　"두려움?"

　"네, 어느새 두려움이 사라졌어요."

　"참, 너 요즘 악몽 안 꾸더라."

　"이젠 두렵지 않으니까요."

　"잘됐네."

　"누나, 나중에 만나면 우리 진실 게임 다시 해요. 그때는 뭐든 다 말할 수 있을 것 같아요."

　"그 나중이 언제일까?"

　"나중에, 나중에…… 누나, 그동안 고마웠어요."

　"얘는, 다시 못 볼 사람같이 왜 그래? 나도 너 만나서 즐거웠

206

어. 그런데 윤성민. 넌, 너무 음침하고 우중충해. 비밀도 많고. 그래서 널 보면 자꾸 불안해져. 금방 사고 칠 것 같아서."

"미안해요."

사고는 수회 그 녀석이 쳤다. 사고 칠 때는 나하고 한마디도 의논하지 않더니 결국에는 이렇게 나를 사고 칠 인간으로 만든 거다. 아니, 사고를 치고 있는 인간으로.

아니다, 아니야. 그날 밤 수회는 나한테 문자를 보냈다. 그런데 내가 그만……. 그날 나는 독서실에서 공부를 하고 있었다. 그때 주머니에서 핸드폰 진동이 울렸다. 핸드폰을 꺼내서 수회를 확인했다. 열어 볼까 잠시 망설였다. 그러나 문자를 보면 또 수회가 보고 싶을 것 같아서 냉정하게 전원을 껐다. 그런데 수회 이 바보 같은 녀석이 그때…….

나는 수회가 죽을 줄은 꿈에도 몰랐다. 수험생들의 자살은 나와는 상관없는, 뉴스라고만 생각했다. 수회가 죽은 이틀 뒤, 수회를 실은 영구차가 학교 교문 앞에 잠시 멈추자 아이들은 창문에 붙어 서거나 뛰어나가며 울었다. 그러나 나는 왜 두 눈을 책상에 고정한 채 그대로 앉아 있었는지 다시 생각해 봐도 모를 일이다. 지금 같으면 마지막 가는 수회에게 손이라도 흔들어 주었을 텐데. 왜 그랬을까?

수회가 혼자 서성거렸던 그날 밤, 그 낯익은 학원 건물 옥상이 눈앞에 선하다. 겁 많은 녀석이 옥상 끝으로 한 발 한 발 내디딜

때 얼마나 무서웠을까? 그 시간에 지나가던 수많은 사람들은 무얼 하고 있었기에 꽃잎처럼 떨어지는 수회를 받아 주지 못했나!

나는 수회의 죽음을 엄마로부터 들었다.

"계집애, 독하기는…… 죽긴 왜 죽어? 죽을 힘이 있으면 살아야지. 하긴, 걘 어릴 때부터 정신적으로 문제가 있던 애였으니까."

난 그때 엄마의 쨍쨍한 목소리를 들으며 머릿속이 하얘졌다.

그날 수회가 내게 보낸 문자는 두 통!


**성민아, 잘 있어.**


**성민아, 나 킬리만자로에 꼭 데려다줘.**


그 문자가 이 세상에서 마지막으로 수회가 내게 보낸 것인 줄은 생각지도 못했다.

수회는 왜 죽었을까?

"충동적인 자살이래! 걔가 키우던 애완동물들을 걔 아빠가 버렸대. 그래서 충격을 받고 울고불고 야단이 났었나 보더라. 계집애가 아빠한테 막 달려들었다나. 그래서 걔네 아빠가 화가 나서 손찌검을 좀 했나 봐. 그 양반이 얼마나 속이 상했으면 애지중지하던 딸을 때렸겠니? 얼마나 끔찍하게 아끼던 딸인데. 아이고,

숙희 그년이 너무 극성맞았어. 얼마 전부터 다짐을 하더라고. 수회를 정신 차리게 하려면 그 동물들을 다 치워 버려야 한다고. 그래야 정신력도 강해지고 공부도 한다고. 그것 때문에 남편하고도 많이 싸웠나 봐. 그래, 죽은 애도 불쌍하지만 이때껏 그 애를 키운 숙희도 참 불쌍하게 됐지. 이런 마당에 그 남편하고 계속 살 수 있을까 몰라."

엄마는 방금 본 영화 스토리를 꿰듯 술술 말을 이었다. 충동적 자살! 그건 정말 수회에게 안 어울리는 말이다. 이 척박한 아프리카에 와서 동물을 보호하겠다는 애가 그렇게 충동적으로 죽을 만큼 신중하지 못했다니.

그래, 어쩌면 수회는 꿈을 꾸었는지도 모르겠다. 내가 언젠가 꿈속에서 보았던 단단한 고치 속의 애벌레, 그 여린 애벌레가 태양 아래 쪼글쪼글 말라 가는 고통을 수회가 본 것은 아닐까? 그래서 수회는 번데기의 길고 목마른 고통을 단번에 해결하려고 몸을 던졌는지도 모른다. 수회야, 그렇지? 대답해 봐. 영아 누나 말처럼 넌 애벌레가 겪어야 하는 고통이 두려웠던 거지? 그래, 세상을 살아간다는 것은 너무 무서운 일인지도 몰라. 그래도 수회야, 그렇게 쉽게 생명을 던져 버리는 건 안 돼. 긴 목마름이 끝나고 언젠가 등이 터져 날개가 돋아 훨훨 날아갈 수 있을 때까지 기다렸어야지.

아침 일찍 집을 나섰다. 마한가네 식구들과 작별 인사를 하고 영아 누나와 함께 마을까지 내려왔다. 영아 누나는 버스를 타고 하나 누나가 있는 보이로 돌아가고 나는 테드와 함께 킬리만자로로 가기 위해서다. 영아 누나는 내내 말이 없었다. 나도 그동안 정들었던 누나와 작별하기가 아쉬워 입을 꾹 다물었다.

누나가 타고 갈 버스가 도착했다. 이제 헤어져야 할 시간이다.

"성민아, 잘 다녀와!"

"누나, 건강해야 돼요."

서로의 두 눈에 눈물이 설핏 어렸지만 우리는 눈길을 피하지 않았다.

자, 이제는 정말 킬리만자로를 향해 출발이다.

테드의 안내를 받으며 마사이족 마을을 지나 탄자니아 국경까지 걸었다. 국경 출입국 관리소에서 비자를 받고 그곳에서 모쉬까지 가는 버스를 탔다. 버스는 거의 반시간 동안 달렸다.

"여기가 모쉬예요. 이곳에서 등산 장비와 먹을거리를 준비해야 합니다."

모쉬는 등산객들로 붐볐다. 등산 장비를 빌려주고 먹을거리를 파는 곳이 여러 군데 있었는데 테드가 단골로 간다는 가게에서 필요한 것은 모두 준비했다. 그리고 테드는 나를 데리고 여행사 사무실로 갔다. 그곳에는 테드가 안내할 또 다른 사람들이 기다리고 있었다.

"자, 이제 이 팀과 합류하면 됩니다."

"뭐라고요? 그런 말을 왜 이제야 하는 겁니까?"

"언제 묻지도 않았잖아요."

뭐야? 정말 미치겠다. 난 킬리만자로에 등반을 즐기러 온 게 아니다. 그런데 저 사람들과 한 팀이 되어 산을 올라야 한다니! 하여튼 내 마음대로 되는 게 없다. 정말이지 수회를 마지막으로 보내 주러 가는 이 길만은 나 혼자 조용히 가고 싶었는데…….
테드에게 속은 것 같아 화가 났다. 그렇지만 이제 와서 자격증을 가진 다른 안내원을 구하기도 힘들 것 같아서 꾹 참았다. 테드가 사람들에게 나를 소개했다.

"반가워요. 혼자 왔나요?"

"네."

"와, 젊은 친구가 혼자서 이곳까지 오다니. 대단하네."

팀원 중에는 중년의 한국인 부부도 있었다.

테드가 팀원들에게 등반 경로를 설명한 뒤, 앞장을 섰고 팀원들이 그 뒤를 따랐다. 짐을 날라다 주는 포터 네 사람이 함께했다. 날씨는 맑고 쾌청했다. 산을 오르며 테드가 선창을 하자 뒤따르던 포터들이 목소리를 높여 구성지게 노래를 불렀다.


**킬리만자로 킬리만자로 킬리만자로 킬리만자로**

음리마 음레푸 사나

(킬리만자로 가장 높은 산)

나 마웬지 나 마웬지 나 마웬지 나 마웬지

니 음리마 음레푸 사나

(그리고 마웬지도 가장 높은 산)

에웨 니오카 에웨 니오카 에웨 니오카 에웨 니오카

음보나 와니중구카

(저기 많은 뱀들이 왜 내 주위를 돌고 있지)

와니중구카 와니중구카 와니중구카 와니중구카

와타카 쿠닐라 니아마

(내 주위를 빙빙 돌고 있네, 나를 먹잇감으로 생각하네)


울창한 숲을 지나자 앞서 걷던 테드가 짐에서 물병과 마스크를 꺼내 주며 말했다.

"이제부터는 끊임없이 햇볕 속을 걸어야 해요."

눈앞에 털을 싹 벗겨 버린 짐승처럼 붉고 거친 산이 나타났다. 어떡한다. 수회를 뿌려 줄 마땅한 장소를 찾아야 하는데. 아무리 걸어도 돌과 마른 이끼뿐이다. 처음에는 마스크를 쓰고서도 시끌벅적 떠들던 팀원들이 갈수록 숨소리가 높아지면서 조용해졌다. 문득 어느 책에서 읽은 구절이 생각났다. 킬리만자로, 하늘과 땅 그리고 흙바람만 있는 곳. 이따금 잔 바람결이 스칠

뿐, 모든 게 잠잠하였다. 지구와 아니, 킬리만자로와 내가 정면 대결을 하고 있는 듯했다. 정말이지 영원히 끝나지 않을 것 같은 붉은 길이다. 외롭고 고독했다. 이곳에 수회를 남겨 두고 떠나야 한다니! 수회야, 봐. 아무것도 없어. 넌 무엇이 좋아서 이 황량한 산 킬리만자로에 오고 싶었니?

발걸음이 자꾸만 느려진다. 아직 완전히 낫지 않은 발이 몹시 가렵고 아프다.

팀원 중에 한 사람이 나를 보고 소리쳤다.

"이거, 제일 젊은 사람이 제일 느리네. 자, 힘내라고. 힘을 내!"

당신들은 모를 거다. 그동안 이 붉은 땅이 생살을 찢어야 할 만큼 얼마나 나를 괴롭게 했는지. 또 내 마음을 얼마나 할퀴었는지를. 움푹 들어간 내 눈과 휘청거리는 이 몸뚱아리를 좀 보라고!

태양을 그대로 받으며 올라가려니 머리가 터질 것만 같고 눈앞이 뱅뱅 돌았다. 아, 수회를 어디에서 쉬게 해야 하나?

"저는 이제 더 이상 못 가겠어요."

나는 그 자리에 주저앉았다. 창피했다. 패잔병 같은 내 모습이!

"그러고 보니 이 청년, 어디 아픈 것 같아."

"큰일 나겠네. 이제라도 돌아가는 게 낫겠어."

"올라가는 것보다는 그래도 내려가는 게 낫지. 살살 내려가 봐. 욕심부리지 말고."

팀원들이 나를 보고 한마디씩 했다. 올라가는 것보다는 내려가는 게 낫다고? 난 애당초 올라가기 위해 이곳에 온 게 아니다. 오직 수회를 데려다주기 위해서 왔다. 수회야. 난 이제 더 이상 못 갈 것 같아. 미안하다.

"올라가세요. 저는 내려갈게요."

"혼자 갈 수 있겠어요?"

테드의 걱정스러운 물음에 고개를 끄덕였다.

"네. 갈 수 있어요."

나는 팀원들과 작별을 고하고 발걸음을 돌렸다. 지겨운 햇빛은 지칠 줄 모르고 내 뒤통수를 따라왔다. 나는 천천히 걸었다. 한 무리의 등산객이 내 옆을 지나갔다. 등산객들의 뒤에서 무거운 짐을 지고 말없이 걸어가는 포터들의 검은 얼굴에서 땀방울이 뚝뚝 흘러내렸다. 그 모습을 보니 나도 모르게 악이 치받쳤다.

"킬리만자로의 신? 당신은 저 땀방울을 보고 있나요? 저 땀방울은 만년설에서 잠자고 있는 게으른 신을 위해 흘리는 눈물이라고요. 이제 그만 깨어나시죠. 더 이상 사람들의 눈물을 빼내가지 말라고요!"

내가 악악 소리를 지르자 저 멀리 가던 사람들이 뒤돌아보았다. 나는 주위를 두리번거렸다. 도대체 수회를 어디에 뿌려야 할까? 수회야, 여긴 킬리만자로다. 어디니? 네가 있고 싶은 곳이. 아무리 둘러보아도 너를 눕힐 만한 곳이 없는데. 넌 살았을 때 언제나 폭신한 침대에서 잤잖아. 공주처럼. 그런데 왜 이런 곳에서 잠자려고 하니? 이 흙먼지 속에서 네가 견딜 수 있을 것 같니?

아니야. 이건 아니다. 넌, 번데기의 고통을 견디지 못하고 목숨을 끊었던 아이야. 넌 이 메마른 바람 속에서 절대로 견딜 수 없어. 그리고 수회 넌, 아프리카의 동물 보호가가 되고 싶었잖아. 그런데 이곳에는 네가 좋아하는 동물이 살 수가 없어. 봐, 그들이 먹을 풀도 없어. 산, 메마른 가시가 덮인 산뿐이라고.

수회야, 어쩌면 네가 어릴 때 멀리서 바라보던 이 킬리만자로는 환상 속의 마법이었는지도 몰라. 저, 희게 빛나는 만년설이 네 마음속에 환상을 불어넣은 거야. 그래, 사람은 누구나 저 빛나는 킬리만자로를 하나씩 가슴에 품고 살지. 언젠가 저 눈부신 산에 오를 수 있을 거라는 희망을 품고. 그러나 생각해 봐. 이 산을 오르면 오를수록 얼음 속에 갇혀서 울부짖는 한 마리의 불쌍한 표범밖에 될 수 없어. 얼음 속에 갇힌 표범은 표범이 아니야. 우리, 환상은 이쯤에서 끝내고 현실을 직시하자. 이 산기슭에 누웠다가는 언젠가 저 설산이 녹아내리면 넌, 더러운 흙탕물에 쓸려 영영 사라지고 말 거야.


내 간곡한 말이 길어질수록 수회가 마지막으로 보냈던 문자도 소리가 되어 귓가를 울렸다.

"성민아, 나 킬리만자로에 꼭 데려다줘."

아. 어떻게 해야 하나? 그래, 난 수회의 마지막 부탁을 들어주어야 한다. 어차피 수회가 원한 일, 난 이 일을 위해 이 먼 곳까지 왔으니 미련 없이 수회를 뿌려 주고 돌아가는 게 맞다. 그런데…….

두 마음이 조금도 지지 않고 엎치락뒤치락했다. 이렇게도 못하고 저렇게도 못하고, 한참을 그 자리에 멍하게 앉아 있었다. 하지만 역시 미션을 완수해야만 돌아갈 수 있을 것 같았다.

저만큼에 보드라운 이끼가 눈에 띄었다.

"그래, 여기다."

나는 이끼가 넓게 퍼져 있는 곳에 앉아서 가방을 열고 봉투를 꺼냈다. 가슴에서 뜨거운 게 꺽꺽 올라왔다. 어금니를 꽉 깨물고 봉투를 열었다. 수회의 유골을 한 움큼 움켜쥐었다.

"수회야, 잘 가!"

태양빛이 내 눈 속에서 파르스름하게 떨렸다. 눈물 한 방울이 뚝 떨어졌다. 손바닥에 수회가 하얗게 어렸다.

아
니
다

내가 만일 너라면 진정 이런 것을 원했을까?

아니, 네가 만약 나라면,

이미 칠 것 같은 태양 아래 넌 나를 남겨두고 갈 수 있었겠니?

이 붉은 물이 흘러내리는 산허리에 나를 눕혀 놓고 갈 수 있었겠니?


온몸이 덜덜 떨렸다.


나는 한 주먹 가득 쥐었던 수회를 봉투 속에 밀어 넣었다. 봉투를 천천히, 조심스레 묶었다. 가방 속에 봉투를 다시 넣은 후, 어깨에 둘러메었다.

"수회야, 돌아가자!"

마침, 붉은 바람 한줄기가 킬리만자로를 훑고 지나갔다. 나는 바람을 맞으며 산 아래를 향해 천천히 발걸음을 옮겼다.

# 작가의 말

올여름, 찜통더위를 벗어나 잠시 빙하 속에서 추위에 떨었습니다. 내 사진을 본 식구들은 얼마나 좋았겠냐,고 했습니다. 하지만 다시 집으로 돌아와 식구들과 이야기를 나누고 내 침대에 누웠을 때의 편안함과 기쁨은 이루 말할 수 없었습니다. 그동안 수많은 곳을 헤매고 다녔지만 결국 여행은 내 자리의 소중함을 깨닫게 해 주는 과정이었습니다.

여행의 완성은 내 자리로 다시 돌아오는 것입니다.

세상에서 가장 슬픈 것은 돌아오지 못하는 여행입니다.
돌아오고 싶어도 돌아오지 못하면 이별이 되고 그 이별은 큰 아픔으로 남습니다.

세상을 살아내다 보면
정말이지 돌아오고 싶지 않을 때도 있을 수 있습니다.
하지만
찬찬히 생각해 보면

돌아와야 할 이유가 분명 있습니다.

액자 속에서 웃고 있는 꼬맹이 내 모습
가방에 매달아 둔 귀여운 인형
내 손때가 묻은 네모난 큐브
친구가 그려 준 길쭉한 내 얼굴
엄마의 콧노래와 아빠의 까끌까끌한 턱수염
.

.

.

.

.

.

다시,
돌아올 수 있는 것도 용기입니다.

저는 내 푸른 친구들이 돌아오기 싫은 길이나 환경을 만나도
돌아오길 간절히 기도합니다.
용기를 낸 친구를 더욱 사랑합니다.

찬바람이 매섭던 날, 부여의 어느 학교 운동장에서 "작가님, 저 지난해에 죽으려고 했어요. 그런데 안 죽길 잘한 것 같아요. 저 성공해서……." 내 품에 안겨 그 고운 눈물로 고백해 주던 아름다운 내 친구에게 사랑을 전합니다. 어제 만난 어여쁜 가예의 눈물이 웃음으로 활짝 피어나길 간절히 기도합니다.

개정판을 만들어 주신 비룡소 출판사의 편집부 선생님들께 깊이 감사드립니다.
가난하고 초라한 내 어린 날들을 꼭 붙잡고 계셨던 주님께는 제 마음을 드립니다.

하늘 맑은 날, 이옥수

블루픽션 18

# 킬리만자로에서, 안녕

1판 1쇄 펴냄 2018년 10월 10일
1판 2쇄 펴냄 2022년 5월 26일

지은이 이옥수
펴낸이 박상희
편집주간 박지은
편집 장은혜
디자인 어나더페이퍼

펴낸곳 (주)비룡소
출판등록 1994년 3월 17일 제16-849호
주소 06027 서울시 강남구 도산대로1길 62 강남출판문화센터 4층
전화 영업 02)515-2000 편집 02)3443-4318,9 팩스 02)515-2007
홈페이지 www.bir.co.kr
제품명 어린이용 반양장 도서 제조자명 (주)비룡소 제조국명 대한민국 사용연령 3세 이상

ISBN 978-89-491-9255-0 44800
      978-89-491-2053-9 (세트)

이 도서의 국립중앙도서관 출판시도서목록(CIP)은 서지정보유통지원시스템 홈페이지(http://seoji.nl.go.kr)와
국가자료공동목록시스템(http://www.nl.go.kr/kolisnet)에서 이용하실 수 있습니다.
(CIP제어번호 : CIP2018030981)

# | 블루픽션 시리즈

**1. 스켈리그** 데이비드 알몬드 글/ 김연수 옮김
안데르센 상, 엘리너 파전 문학상, 카네기 상, 휘트브레드 상, 마이클 L.프린츠 상,
어린이도서연구회 권장 도서, 책교실 권장 도서, 중앙독서교육 추천 도서

**2. 운하의 소녀** 티에리 르냉 글/ 조현실 옮김
소르시에르 상, 어린이도서연구회 권장 도서

**4. 0에서 10까지 사랑의 편지** 수지 모건스턴 글/ 이정임 옮김
밀드레드 L. 배첼더 상, 어린이도서연구회 권장 도서

**5. 희망의 섬 78번지** 우리 오를레브 글/ 유혜경 옮김
안데르센 상 수상 작가, 밀드레드 L. 배첼더 상, 머더카이 상, 아침햇살 선정 좋은 어린이 책,
중앙독서교육 추천 도서, 책교실 권장 도서, 책따세 추천 도서

**6. 뤽스 극장의 연인** 자닌 테송 글/ 조현실 옮김
프랑스 '올해의 청소년 책', 소르시에르 상, 어린이도서연구회 권장 도서, 열린 어린이가 뽑은 좋은 책

**7. 시인 X** 엘리자베스 아체베도 글/ 황유원 옮김
카네기상, 내셔널 북 어워드, 마이클 L. 프린츠 상, 보스턴 글로브 혼 북 상, 골든 카이트 어워드,
아침독서 추천 도서

**9. 이매지너리 프렌드** 매튜 딕스 글/ 정회성 옮김

**10. 초콜릿 전쟁** 로버트 코마이어 글/ 안인희 옮김
미국 도서관 협회 선정 도서, 뉴욕타임스 선정 도서, 어린이도서연구회 권장 도서

**11. 전갈의 아이** 낸시 파머 글/ 백영미 옮김
뉴베리 상, 국제 도서 협회 선정 도서, 마이클 L. 프린츠 상, 책교실 권장 도서, 어린이도서연구회 권장 도서

**13. 나의 산에서** 진 C. 조지 글/ 김원구 옮김
뉴베리 상, 미국 도서관 협회 선정 도서, 어린이도서연구회 권장 도서,
열린 어린이가 뽑은 좋은 책, 책교실 권장 도서

**15. 우리 형은 제시카** 존 보인 글/ 정회성 옮김
줏대있는 어린이 추천 도서

**17. 푸른 황무지** 데이비드 알몬드 글/ 김연수 옮김
안데르센 상, 엘리너 파전 문학상, 스마티즈 상, 마이클 L.프린츠 상, 어린이도서연구회 권장 도서

**18. 킬리만자로에서, 안녕** 이옥수 글
학교도서관저널 추천 도서

**20. 기억 전달자** 로이스 로리 글/ 장은수 옮김
뉴베리 상, 보스턴 글로브 혼 북 명예상, 어린이도서연구회 권장 도서,
열린 어린이가 뽑은 좋은 책, 교보문고 추천 도서

**22. 내 인생의 스프링캠프** 정유정 글
세계청소년문학상, 문화관광부 교양 도서, 어린이도서연구회 권장 도서,
교보문고 추천 도서, 학도넷 추천 도서

**23. 줄무늬 파자마를 입은 소년** 존 보인 글/ 정회성 옮김
아일랜드 '오늘의 책', 행복한 아침독서 추천 도서, 교보문고 추천 도서

**25. 파랑 채집가** 로이스 로리 글/ 김옥수 옮김
어린이도서연구회 권장 도서

**26. 하이킹 걸스** 김혜정 글
블루픽션상, 한국문화예술위원회 우수문학도서, 책따세 추천 도서, 학도넷 추천 도서

**27. 지구 아이** 최현주 글
제11회 블루픽션상 수상작

**28. 나는 브라질로 간다** 한정기 글
황금도깨비상 수상 작가, 소년조선일보 추천 도서, 중앙일보 추천 도서

**29. 키싱 마이 라이프** 이옥수 글
한국문화예술위원회 우수문학도서, 어린이도서연구회 권장 도서, 교보문고 추천 도서,
전국독서새물결모임 추천 도서, 학교도서관저널 추천 도서

**30. 꼴찌들이 떴다!** 양호문 글
블루픽션상, 행복한 아침독서 추천 도서, 교보문고 추천 도서, 책따세 추천 도서,
경기도학교도서관사서협의회 추천 도서, 중앙일보 북클럽 추천 도서

**31. 우연한 빵집** 김혜연 글
문학나눔 선정 도서, 학교도서관저널 추천 도서, 책따세 추천 도서, 아침독서 추천 도서,
어린이도서연구회 추천 도서

**32. 생쥐와 인간** 존 스타인벡 글/ 정영목 옮김
미국 도서관 협회 선정 도서, 국립어린이청소년도서관 추천 도서

**33. 두 개의 달 위를 걷다** 샤론 크리치 글/ 김영진 옮김
뉴베리 상, 미국 어린이 도서상, 스마티즈 북 상, 영국독서협회 상 수상작.
경기도학교도서관사서협의회 추천 도서, 학도넷 추천 도서

**34. 침묵의 카드 게임** E. L. 코닉스버그 글/ 햇살과나무꾼 옮김
스쿨 라이브러리 저널 선정 최고의 책, 에드거 앨런 포 상 노미네이트.
경기도학교도서관사서협의회 추천 도서, 아침독서 추천 도서

**35. 빅마우스 앤드 어글리걸** 조이스 캐럴 오츠 글/ 조영학 옮김
스쿨 라이브러리 저널 선정 최고의 책, 미국 도서관 협회 선정 최고의 청소년 책.
뉴욕 공립 도서관 추천 도서, 학교도서관저널 추천 도서

**36. 서쪽 마녀가 죽었다** 나시키 가오 글/ 김미란 옮김
소학관 문학상, 일본 아동문학가협회 신인상, 한국간행물윤리위원회 청소년 권장 도서,
어린이도서연구회 권장 도서, 아침독서 추천 도서, 책따세 추천 도서

**37. 닌자걸스** 김혜정 글
전국학교도서관담당교사모임 추천 도서, 아침독서 추천 도서

**38. 첫사랑의 이름** 아모스 오즈 글/ 정회성 옮김
안데르센 상, 제브 상

**39. 하니와 코코** 최상희 글
블루픽션상, 사계절문학상 수상 작가, 학교도서관저널 추천 도서

**40. 파랑 치타가 달려간다** 박선희 글

제3회 블루픽션상 수상작, 학교도서관저널 추천 도서, 아침독서 추천 도서,
어린이도서연구회 권장 도서, 책따세 추천 도서, 문화체육관광부 우수교양도서

**41. 나는, K다** 이옥수 글

학교도서관저널 추천 도서

**42. 어쩌자고 우린 열일곱** 이옥수 글

한국도서관협회 우수문학도서, 학교도서관저널 추천 도서

**43. 앉아 있는 악마** 김민경 글

**44. 최후의 Z** 로버트 C. 오브라이언 글/ 이진 옮김

뉴베리 상 수상 작가

**46. 줄리엣 클럽** 박선희 글

제3회 블루픽션상 수상 작가, 대한출판문화협회 선정 올해의 청소년 도서,
한국도서관협회 선정 우수문학도서

**47. 번데기 프로젝트** 이제미 글

제4회 블루픽션상 수상작

**48. 뚱보가 세상을 지배한다** K.L. 고잉 글/ 정회성 옮김

마이클 L. 프린츠 아너 상

**49. 파랑 피** 메리 E. 피어슨 글/ 황소연 옮김

미국학교도서관저널, 미국도서관협회 선정 청소년 분야 '최고의 책',
학교도서관저널 추천 도서, 책따세 추천 도서

**50. 판타스틱 걸** 김혜정 글

제1회 블루픽션상 수상 작가, 대한출판문화협회 선정 올해의 청소년 도서,
고래가 숨쉬는 도서관 선정 도서, 한국도서관협회 선정 우수문학도서,
경기도학교도서관사서협의회 추천 도서

**51. 어쨌거나 스무 살은 되고 싶지 않아** 조우리 글

제12회 블루픽션상 수상작

**52. 우리들의 짭조름한 여름날** 오채 글

마해송 문학상 수상 작가, 한국도서관협회 선정 우수문학도서,
국립어린이청소년도서관 추천 도서, 경기도학교도서관사서협의회 추천 도서,
2017 순천시 One City One Book 선정 도서

**53. 웰컴, 마이 퓨처** 양호문 글

제2회 블루픽션상 수상 작가, 대한출판문화협회 선정 올해의 청소년 도서,
경기도학교도서관사서협의회 추천 도서

**54. 초록 눈 프리키는 알고 있다** 조이스 캐럴 오츠 글/ 부희령 옮김

미국 내셔널북어워드, 오헨리 상 수상 작가, 경기도학교도서관사서협의회 추천 도서,
국립어린이청소년도서관 추천 도서

**56. 메신저** 로이스 로리 글/ 조영학 옮김

뉴베리 상, 보스턴 글로브 혼 북 명예상 수상 작가, 경기도학교도서관사서협의회 추천 도서

⊙ 계속 출간됩니다.